癌！癌！ロックンロール

赤木家康

Vita
SANGAKUSHA

Maldives モルディブ

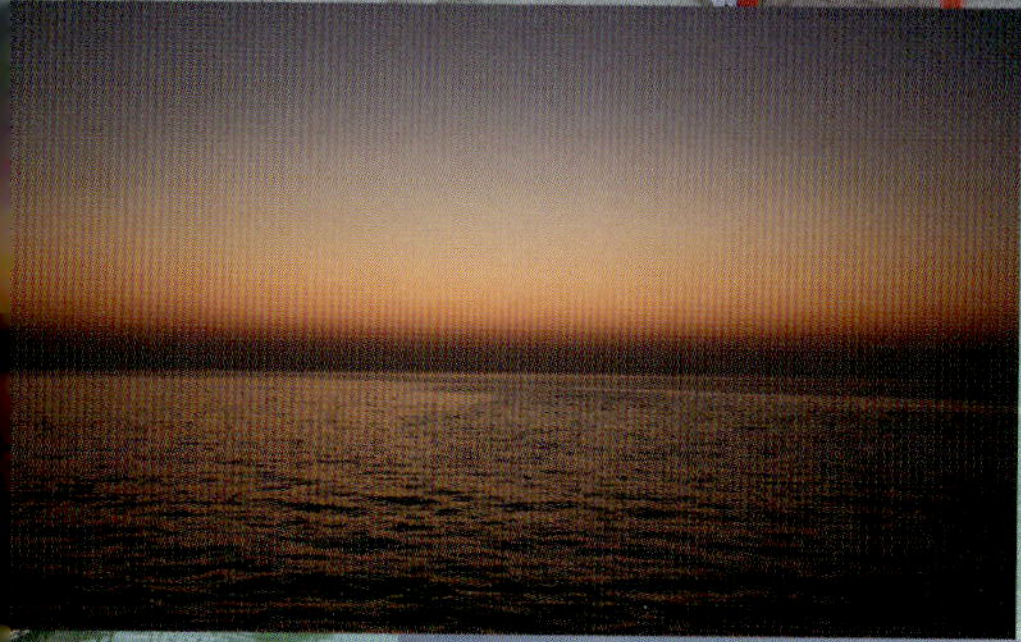

エベレスト Everest

ドイツ・フランス Germany & France

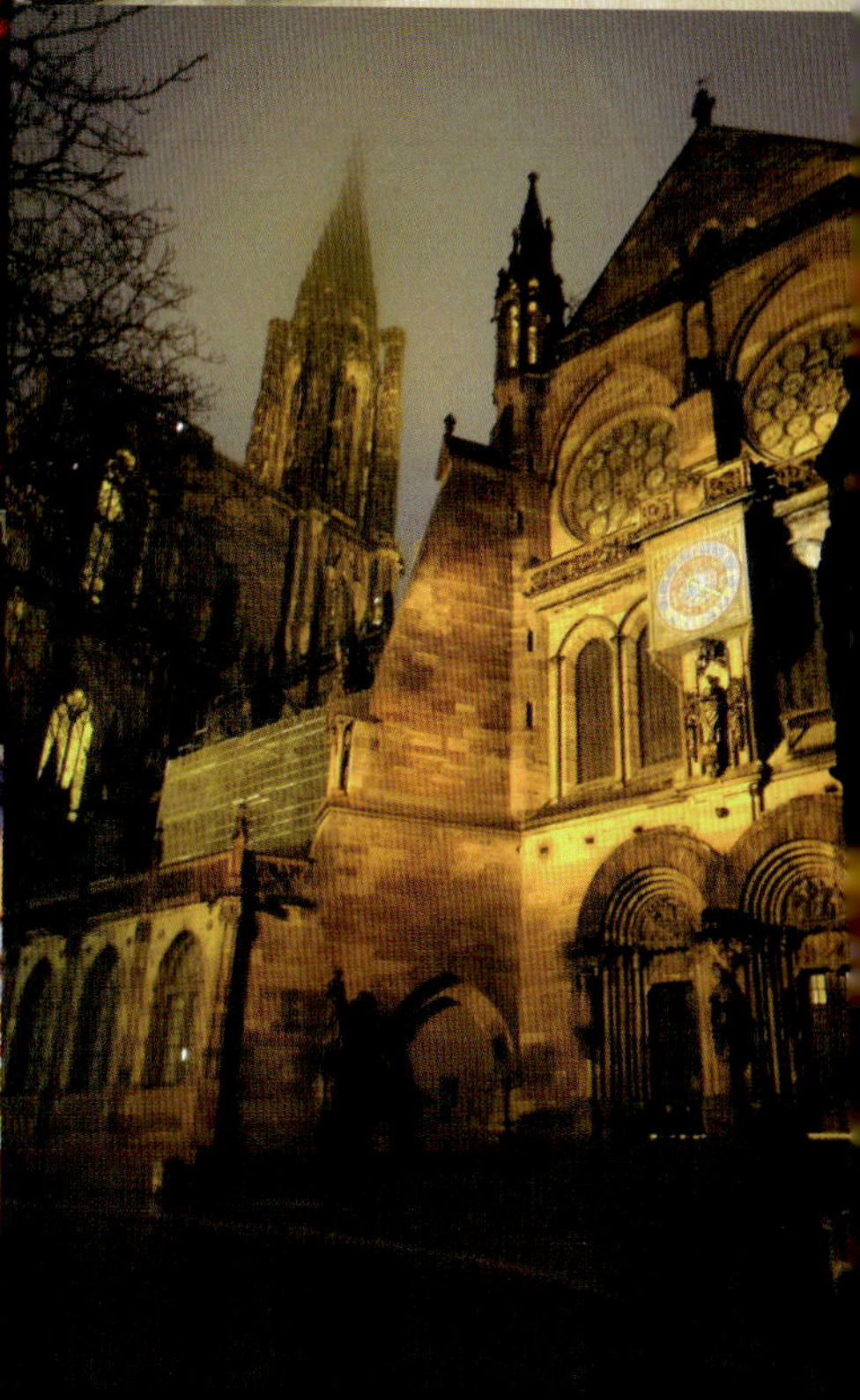

ライブ Live

Spring 春

夏 Summer

秋 Autumn

Winter 冬

Harumafujizeki 日馬富士関

ギター Guitars

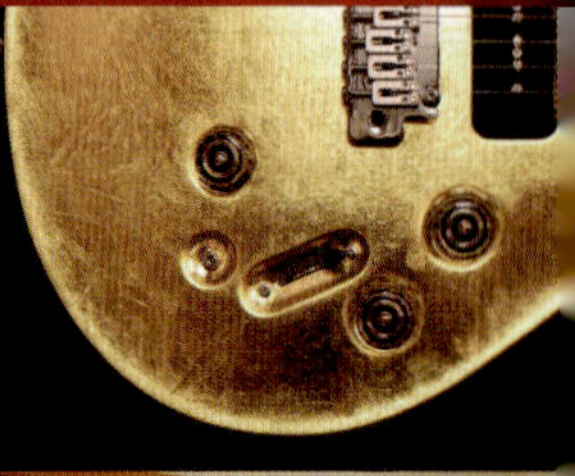

PRS

December
August

Classmates **同級生**

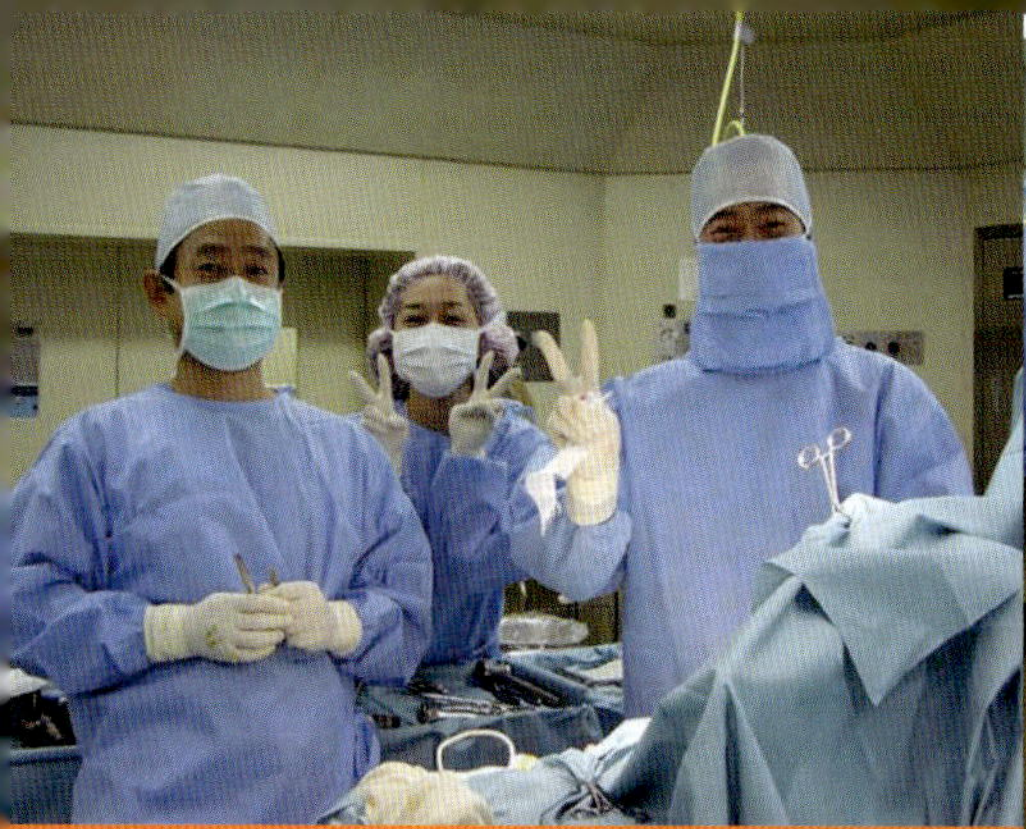
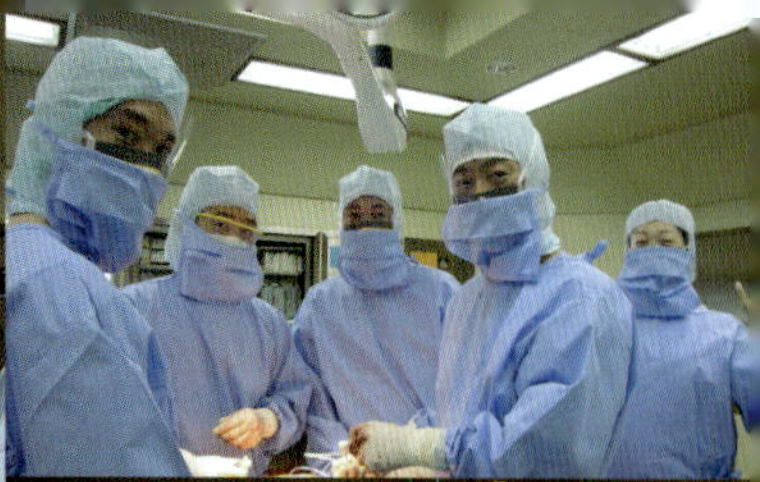
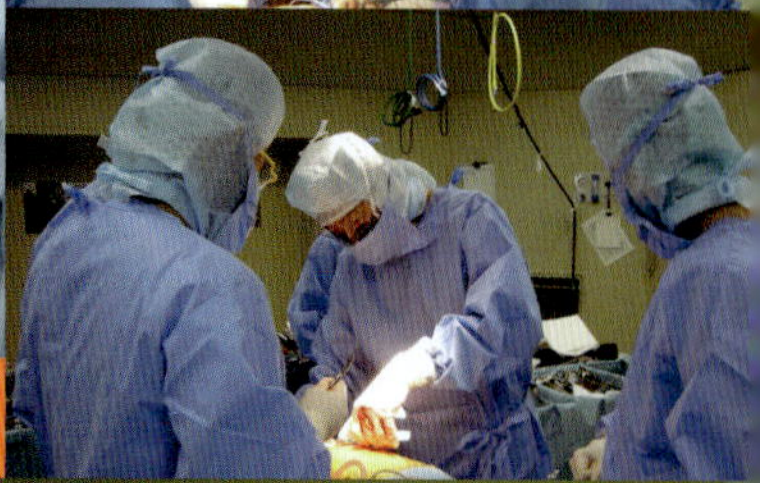

Operation 手術

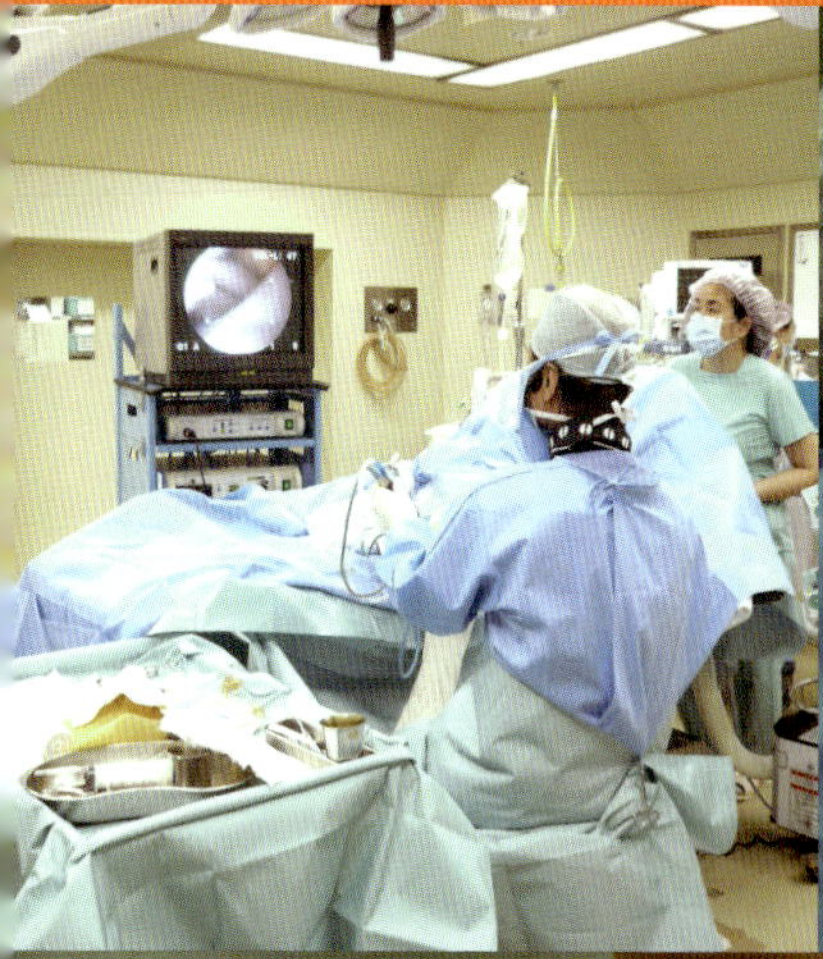
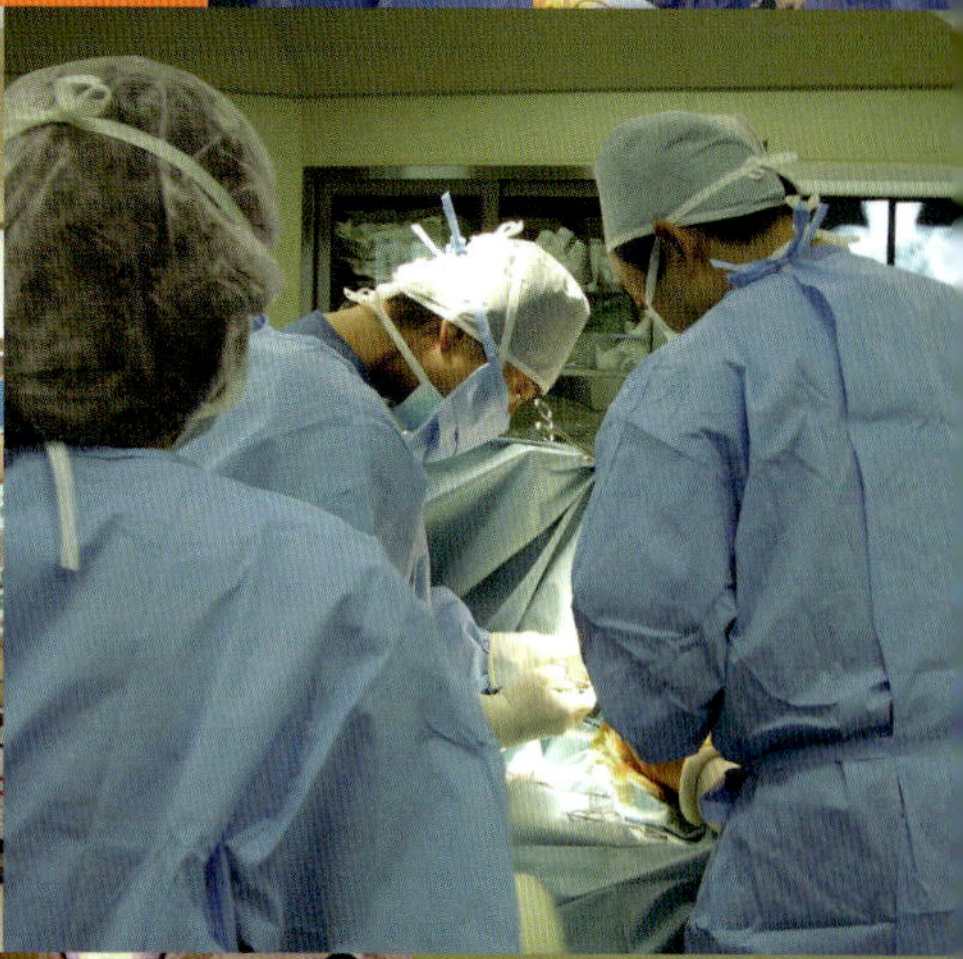
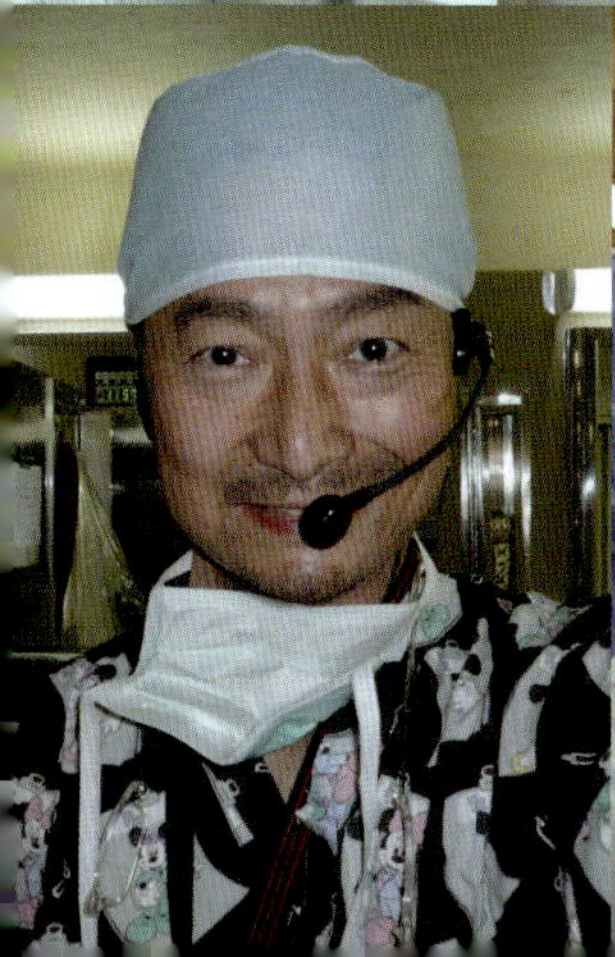
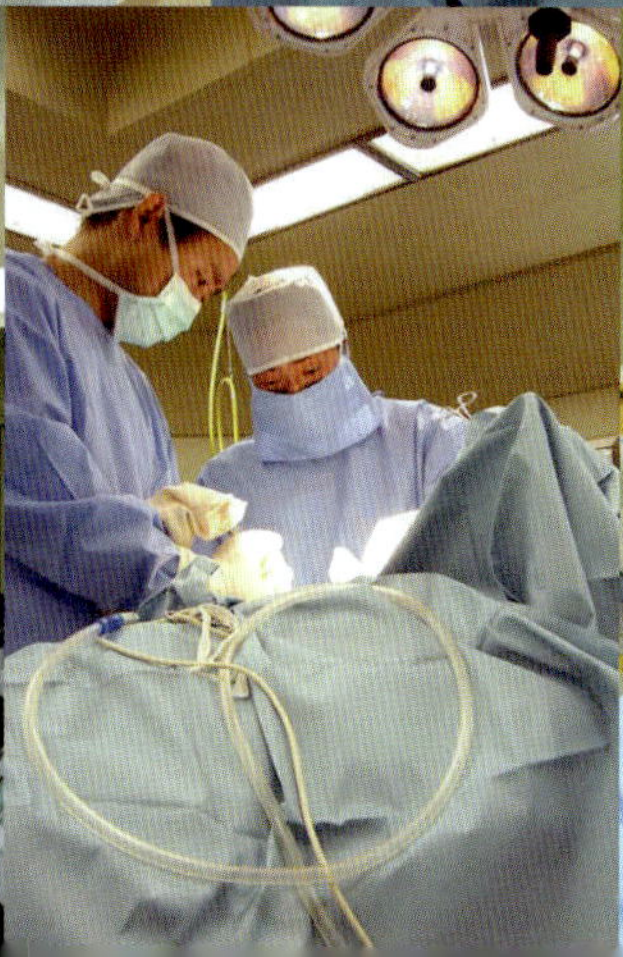
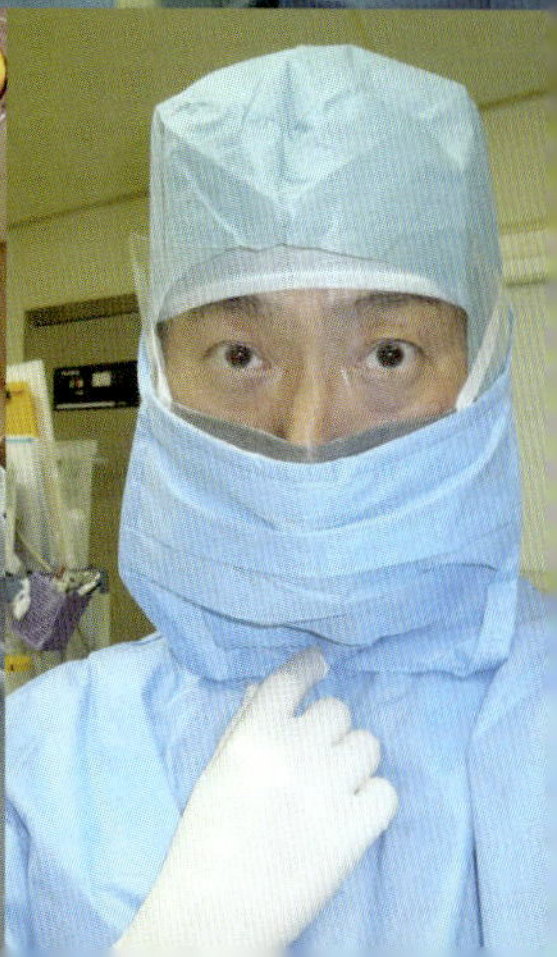

患者さんと一緒に

with Patients

Private プライヴェート

Yuusaykai **悠声会**

刊行によせて

㈱名優　代表取締役　山根貫志

画期的な「シャント発声法」

医療機器を扱う会社を興した私が、創業以来望んできたことが三つあります。ひとつ、「自分にしかできないことをやりたい」。他の誰かがしてくれることなら、お任せしても構わない。自分ならではのことを生涯かけてやり抜きたい。

二つ、「医療を通じて人が喜ぶことをしたい」。生きてゆくためにもちろんお金は必要ですが、金儲けを至上目的とする生き方は選ばない。

三つ、「事業を継続しながら利潤を上げ、納税を通じて社会から必要とされる存在でありたい」というものです。憲法が定める数少ない義務の一つである納税を適正に行い、社会に貢献したい。幸いにして、順風満帆とはいえないまでも、毎年売り上げの増加を見、利益を計上し、納税し続けて参りました。

私たちの成長を支えるユニークな製品の一つに「プロヴォックス（留置型人工喉頭）」があります。喉頭ガンや下咽頭ガンの手術で喉頭摘出した方に用い、声帯を失った方でも自然な発声が可能となる「シャント発声法」に用いられる医療機器ですが、下咽頭ガン自体、十万人に数人という発症率であり、治療の結果、喉頭摘出に至る患者さんはさらに少ないため、極めて特殊な製品といえます。

喉頭摘出術による、気管孔露出や失声といった解剖・機能的変化を受け入れることができず、手術を忌避して放射線治療や化学療法を選ぶ方は少なくありません。また、根治的治療を目指して喉頭摘出を選択した方にも、命と引き換えに失声してもやむなし、という雰囲気があったかもしれません。喉摘後の音声回復、リハビリは欧米のように言語聴覚士が主体となって病院で行われることはなく、喉摘者同士の自助努力に任されてきました。

喉摘者の間で数十年来行われてきた音声回復法として、空気を飲み込み〝ゲップ〟の要領で声を出す「食道発声法」があります。時には、頸部皮膚を器械的に振動させ、音声を創り出す「電気喉頭」が用いられていますが、抑揚のない不自然な器械的音声であるため補助的に使われる程度です。

一方、軽微な手術で、比較的容易に声を取り戻すことができるのが「シャント発声法」で、気管と食道との間に設けた小孔を介し、肺の空気を用い発声するもので、欧米では広く普及している発声法です。しかし、日本ではごく一部の大学病院、総合病院を除き、行われてはいませんでした。

全国におよそ六〇ある喉摘者団体においても、食道発声法が圧倒的に主流を占めていました。喉摘者同士が励まし合い、それぞれの経験に頼る発声訓練が行われてきました。経験に依拠する発声法は必ずしも科学的とはいえず、また喉摘者が喉摘者に指導する、医療とは言い難い音声獲得手法だったのです。分野を問わず、主流が形成されると、新技術や手法に対して閉鎖的になりがちです。シャント発声法は、多くの喉摘者団体からタブー視され、その存在を無視され続けてきました。

ドクター赤木との〝運命的〟出逢い

画期的音声獲得法といえるシャント発声法の普及に賭ける私たちの試みは、喉摘者団体への接触禁止、医療保険制度の壁、医師への情報伝達不全により遅々として進まずにいました。身動きのとれない事態に焦慮しつつも、二〇〇五年初頭、「五年以内にシャント発声法を普及させ、喉摘者の社会復帰を推進し実現する」という目標を掲げました。以来、海外から専門家を招聘し、各地で講演・セミナーを開催したり、シャント発声法により社会復帰を果たされた喉摘者の方々と協力して、交流会、研修会、患者会運営の支援をしたり、地道な活動を継続して参りました。

こうした活動のさなか、私にとって〝決定的〟ともいえる出逢いが用意されていたのです。土田義男氏（現悠声会会長）が、主治医であるがん研有明病院頭頸科の福島啓文先生にお願いし、部長の川端一嘉先生のご了承を得て、プロヴォックス交流会が初めて開催されたのは、二〇〇七年四月七日のことでした。会場となったがん研有明病院セミナー室には、シャント発声法を行っている方、手術予定者、ご家族、失声した状態を何年も耐え抜いてきた方など、二〇名以上が集まっていました。

「その人」は、少しメッシュの入ったヘアスタイル、ブランドもののポロシャツにジーンズという出で立ち、スカーフをふわりと首に巻き、芸能関係者然としたたたずまいでヴィトンのショルダーバッグを椅子の背にかけ、物静かに腰かけていました。

参加者の自己紹介が進み、「その人」の番になると自然な語り口で経歴を話され、そこで初めてお名前が赤木家康さんであることがわかり、現役の整形外科医師であることを知ったのでした。喉頭摘出を受けても、赤木先生のようによどみなく明瞭に話ができる、この事実は、意思伝達に煩悶する多くの喉摘者に、どれほど勇気を与え光明をもたらすことか！　散会するやいなや、赤木先生に挨拶し、名刺を頂いて連絡先を確認しました。

その瞬間、私は決意していました。赤木先生の体験を描いたビデオを制作し、ガンの手術後、喉摘者となっても社会復帰できることを、患者やその家族、医療者につぶさに知っていただこう。その後、赤木先生とはメールで打ち合わせを重ね、患者会がある時には膝をまじえて熟議、その年の六月には台本の骨子を固めることができたのです。

　七月、赤木先生の勤務先である永生病院をお訪ねし、外来診療の模様、変形性関節症の手術の様子をビデオ収録しました。テロップの文言等、赤木先生から助言をいただきつつ、編集を進めてビデオが完成したのが九月初め。医療関係先にビデオを配布し、サービスが始まったばかりのユーチューブにもアップロードしました。食道再建を行い、プロヴォックスを挿入して復職し、外来診療、手術を行う映像は同業者である医師にとっても衝撃的ではなかったでしょうか？

　これ以降、シャント発声法は少しずつマスコミにも採り上げられるようになりました。赤木先生には、日本言語聴覚学会、日本リハビリテーション学会などで医師、患者、双方の見地から体験を語っていただきました。そして、ついに二〇〇九年六月、札幌で開催された、頭頸部ガン治療の専門家が一堂に会する日本頭頸部癌学会において、一時間の講演をしていただきました。後日、講演後も拍手が鳴り止まぬ会場の模様は、北海道放送によってテレビ放映されました。

　その間、赤木先生は、腰痛に苦しんでいた北海道在住の私の両親が永生病院をお訪ねした際も、親身になって診察してくださいました。私の方も、赤木先生がフォークグループ「猫」や、柴野繁幸さんと熱演されたセプテンバーコンサートに長女と参加し楽しんだり……。お目にかかる度に、圧倒的エネルギーを感じ、前向きな生き方に驚かされるのでした。

しかし、その後も過酷な運命が赤木先生を襲い続けました。二〇一〇年七月、舌ガン発見。これは、下咽頭ガン治癒の目安となる五年生存を目前にしての再発でした。これにも挫けず、赤木先生は発見から二週間で手術を終え、退院するやいなや、「すこぶる意気軒昂！」という元気なメールをくださいました。さらに、今年一月、再々発が明らかになり、根治的手術を行ったという知らせが届き、四月には食道にもガンがという繰り返されるガンとの戦い、手術。それでも、くださるメール内容は、静かに自分を見つめ、時にユーモアを交え外向的なメールばかりでした。

それまでは、患者会関係者のひとりとしてメールをいただくことが多く、いつもご多忙の様子でしたので、ご病状を報せるメールをいただいたときも、私から敢えて個人的なメールを差し上げることは控えていました。ところが、ある日、私のアドレス宛に「メール届きましたか？」という確認があり、私には〝会いたい〟というメッセージが添えられているかに感じられたのです。

ご迷惑にならないかと案じつつ、六月二二日、がん研有明病院六階の個室を初めて訪問しました。三十度を超える外気温、病院までの道すがら照り返しは強く、焼きつくような午後でした。音楽が流れる病室に私を招じいれ、ホワイトボード設定のアイパッドを自在に駆使し、スラスラと文字を連ねる赤木先生と、喉摘者に対する地方自治体の助成状況や、シャント発声の普及状況、先生のご病状などにつき語り合いました。

この時、ふとひらめくものがありました。整形外科のカリスマ医師として、超多忙な日々を送られてきた赤木先生だから、退屈されているのではないか、と。考える間もなく、「赤木先生、これまでのご体験を本に著すお気持ちはありませんか？」と私は口にしていました。ふりかえれば、下咽頭ガンという病に屈することなく、冷静に病気に対処され、鮮烈な人生を送っていらっしゃる姿を他の人にも見てほしい。喉摘者はもとよりそれ以外の人々にも知ってもらいたい。その一念から口をついて出た言葉でした。

実は、ネット上で、すでに相当量のガン日記を赤木先生は公表されていました。そこには、「自分はガンになって心底よかったと思っている。強がりでも負け惜しみでもない、それが今の私の本当の気持ちだ」というにわかには信じがたい、不思議なメッセージが記されていました。どこの世界にガンになって自分は良かった、と心底思える人がいるでしょうか？　常識では測りしれぬ思考の拡がり・柔らかさ・飛翔性を知った私は、なおいっそう本の形にして世に出したいと思いました。

思えば、決して長いとはいえない赤木先生と私の交わりです。私以上に時間を共有された方は何百人、あるいは何千人もいらっしゃることでしょう。それでも私は思うのです。赤木先生との関わりは特別であると。先生との邂逅なくしては、今の私はなく、喉摘者を取り巻く風景もずいぶんと違っていたことだろうと。

プロヴォックス資料ページに、貴重な記事の転載を許可してくださった祢津加奈子氏はじめ、がん研有明病院の川端一嘉先生、福島啓文先生、シャント発声法を探し求めて来社された土田義男氏、日本大学附属病院の言語聴覚士で喉摘者のリハビリに取り組まれている亀井知春先生との出会いなど、幾重ものご縁があって、本書を世に出すことができました。心より感謝いたします。これからも赤木先生とのご友誼を大切にし、赤木先生の尽きることのない活力を分けていただくことを願っています。時には、赤木先生が奏でるＰＲＳギター（Ieyasu Special）の激しいライブ演奏に身を委ねて……。

Contents

Credit
producer：Meilleur Inc.／Tsurashi YAMANE
editorial：Nonpro Inc.／Yutaka NAKAMURA
cover photo：Tomuji OHTANI
cover design：Japan Style Design Inc.／Asuka ENOMOTO
design&DTP：Japan Style Design Inc.／Kana YAMAMOTO

Prelude

零章:

発病から放射線治療まで

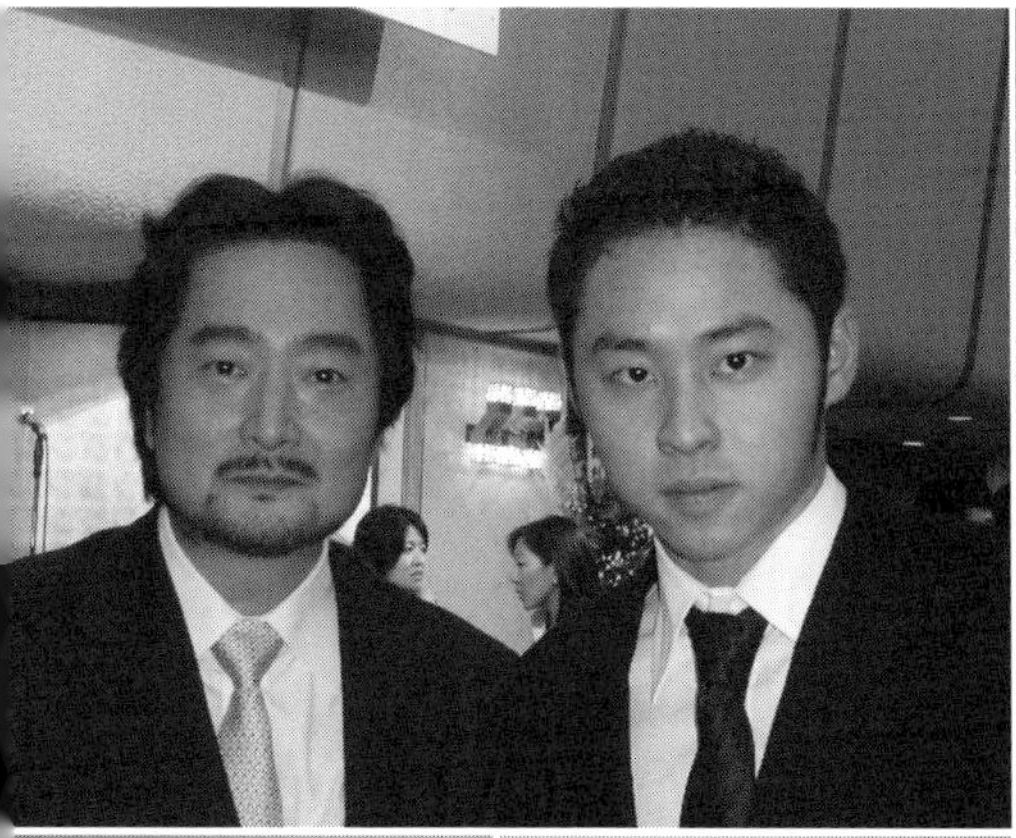

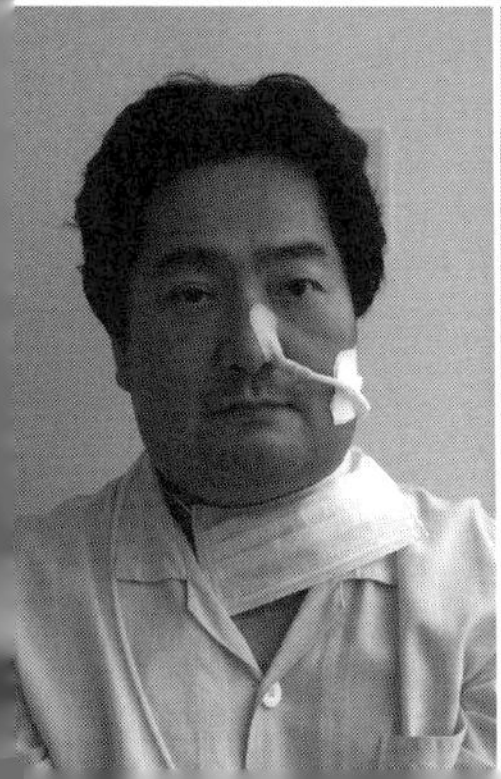

発病

ガンの発病はこれといった気配もなく、いつの間にか忍び寄っていました。平成一七年一〇月頃から空咳が出るようになり、一一月には嗄声《させい》（声のかすれ）と右頸部の腫れ（腫脹）が目立ちはじめ、一応、各種の画像検査を行っていました。当時、私は整形外科医として外来診療と手術とで殺人的なスケジュールをこなしていました。自分の症状に気分的な引っかかりを感じつつも、日々の診療・手術スケジュールをこなすのに手一杯のありさまだったのです

念のため同級生である耳鼻科開業医を受診しましたが、異常は指摘されませんでした。それでも、なんとなく体調がおかしいことは自覚されます。この頃すでに、周囲の人に「咳が止まらない、ガンかな」と冗談交じりに口にしていた覚えがあります。ただ、専門外の疾患については医師といえども素人とほとんど一緒です。医師は専門性が高まれば高まるほど、スペシャリストに傾きゼネラリストではなくなりますから専門外の疾患にはまったく無知です。ですから医者とはいえ、その道のスペシャリストに任せるより選択の余地がないのです。

念のため開業医からの紹介で受診した自分の出身大学の付属病院では、ファイバースコープが挿入され、局所の画像がモニターに現れた瞬間、私の大学の後輩でもある担当医

は「ああ」と溜息にも似た声を漏らしました。瞬時に、私は自分の病気がガンであることを悟りました。翌日からの検査入院を指示されたものの、一般的に医師は、翌日を含め数日間も予定が空いていることはまずありえません。しかし、専門家が即刻入院を指示するからには、それなりの理由があることは間違いありません。私は所属病院の仕事の振り替えを手配し、入院しました。また、病理検査による確定診断後の紹介入院先も専門医に一任しました。

人生の障害は突然にやってきます。誰しも平穏無事な日々が当たり前だと思っていますが、我々には何らかの障害が必ず訪れます。一生のうちにまったく病気にならない、という人はまずいません。そして、人は一度生まれて必ず一度死にます。遅かれ早かれ、何らかの身体的障害によって死を迎えるのです。ですから、今は健康な人たちも、いつかは障害を負う心づもりや、いずれ死を迎える心の準備が必要だと思います。私自身、実際に病院に勤務し、さまざまな障害を持った方を毎日拝見していました。ところが、障害を持った方の治療に日々従事しながら、「明日はわが身」ということを全然考えていませんでした。いつかは障害を持ち命の炎も消える、そういう認識を普段から持ち続けることが一番大切なことだと思うのです。

入院

一二月一四日に紹介状と検査結果の資料を東海大八王子病院から受けとり、紹介先のがん研有明病院頭頸科の川端部長に予約を入れました。しかし予約日は一週間以上先で、せっかちな私には受診日までひたすら待ち続ける心の余裕がありませんでした。

「とにかく紹介状をもって明日病院に行ってみよう」と翌一五日水曜日、川端先生の外来日に予約もなしに朝早く出かけました。その日は診察を受けられない可能性が高いし、仮に診て頂けるとして、診察までどれだけ待とうと構わない、という心づもりでした。

川端先生に診てさえもらえれば、これからの方針が決まり、それによって安心感が得られるのではないかと考えました。予想外のことに、外来診察が始まるとすぐに診察室に呼ばれ、問診を受けることができました。きっと紹介状を読み、前医の資料をご覧になったのだと思います。先生は触診、視診、ファイバースコープなど十分な診察の後に「手術で切除する方法と、放射線と抗ガン剤で腫瘍を叩いて、小さくしてから手術する方法もありますが、どちらを選びますか」と、両方の治療のメリットとデメリットを詳しく教えてくださいました。手術の際には喉頭も一緒に取らなくてはならないので声は出なくなります、と。私は切除可能であれば手術による摘出をお願いします、と答えました。先生はカレンダーをご覧になり、すでに年末も近いことだし手術は年明け早々にしましょう、と言われました。しかし、私はガンの進展の早さが気になっており、ステージⅣの大きな進行ガンを抱えたまま年を越す気持ちにはとてもなれませんでした。

何とか早く手術してもらえないでしょうかとお願いしたところ、若い医師と看護師に日程を確認し、二二日（天皇誕生日前日）に手術してくださることになりました。普通、休日の前日には、大きな手術を入れないのが外科医の常識です。つまり、手術明け翌日が休日の場合、医師やスタッフの数が少ないため、なにか緊急事態のあった時に術後管理に万全を期すことが難しくなるからです。そういった事情もあり、たまたま二二日に手術が入っておらず、それが私の手術に「吉」と出たのだと思います。

その五日後に入院し、一週間後の手術に向けてめまぐるしい日々が始まりました。術前検査のためがん研有明病院に二日間通院し、自分の病院には同僚医師への申し送りと担当する患者さんに対し、病気で休むことを告げなければなりません。幸いにして職場の安藤理事長はじめ同僚の今村医師や看護師、多くの職員の方々も皆さん協力してくださり、私の病気のことを心配してくださいました。残した仕事に何の心配もなく、自分自身の治療に専念できることは大変な僥倖であり、今も心から感謝しています。

岡山の母が心配して、いてもたってもいられなくて急遽上京してきました。病状の説明をして、「日本一の病院で治療を受けるのだから大丈夫だよ」と言っても、母は不安を隠しきれない様子でした。その後、一緒に天ぷら屋に行きましたが、母は食が進まず二〜三品で箸を置いてしまいました。私の家族もさぞかし心配していることだろうと思いつつも、「なってしまった病気のことをあれこれ悔やんでも何の解決にもならない」、自分としては腹をくくっており、まったく平静でした。

予定されていた多くの忘年会はすべて出席をキャンセル、一六日出発予定だった日大水泳部チームドクターとしてのハワイ遠征も、急遽辞退することになりました。保険の手続きはS生命の担当間瀬氏が何度も足を運んでくださり、すべての手続きは術前に完了し、金銭的な心配なしに安心して手術を受けられる状態になっていました。手術二日前の二〇日に入院し、先輩、同僚、後輩医師からたくさんの見舞いの花が病院に届きました。

手術では、摘出した咽頭・喉頭の代わりに空腸を移植します。そのため、二〇日で食事は終わり、二一日からは食事抜きの点滴だけでした。これで、手術に臨む態勢が整ったわけです。

手術

いよいよ、運命の二二日、朝早く浣腸を受け、術衣に着替え、ストレッチャーで運ばれると思いきや、自分の足で歩いて手術室に向かいました。このシステムは考えるに、なかなか合理的です。麻酔には、日大麻酔科出身で旧知の横田先生が立ち会ってくださいました。横田先生は、私が執刀した手術で何度も麻酔をかけてくださったことがあり、「君とこういう形で会うとは思わなかったよ」としみじみ言われました。麻酔の導入で注射液が血管に入っていく痛みを感じながら、意識が遠のいていきました。

手術は一六時間にわたり、咽頭・喉頭全摘出術、広範囲頸部リンパ術、甲状腺・副甲状腺摘出術、遊離空腸移植術（動脈、静脈の血管縫合）を受けました。咽頭、喉頭、頸部食道をガンとともにすべて取り去り、空腸を食道の代わりに移植するという大がかりなものです。頸部リンパ節は摘出した五八個のうち、右側七個に転移がありました。

長い眠りから覚め、術後の激しい痛みで覚醒した時はＩＣＵのベッド上でした。頸部と腹部の痛みは、今まで経験したことがないほど激しいものでした。いっそ死んだ方が楽ではないかと思うほどでした。痛み止めの麻薬性鎮痛剤を使っても、痛みが完全になくなるわけではありません。看護師が数時間おきに、頸の前に開けられた気管孔から痰を吸引します。激しくむせて、むせるたびに腹部の傷が痛みます。「痰は無いから、吸引やめてくれ！」と声はもう喉頭が無く出ないので、声にならない声を上げ続けていました。

大きな手術のあとは数日間、管理が厳重なＩＣＵで過ごすのが一般的ですが、高齢の患者さんなどは痛みのために不穏状態になり、暴れていました。私は医療人という自覚があるため我が儘をいわず、ひたすら耐えました。耐えるしか方法がないことを知っていたからです。体からは十数本の管が出て、寝返りを打つことも困難でした。たった一つの楽しみは、ＦＭラジオでＪ-ＷＡＶＥの放送を聴くことだけでした。放送内容から、世間は今クリスマスなんだなぁとおぼろげに知ることができました。

ＩＣＵは重症患者だけが入るため、つねにモニター音とアラームが鳴っている状態です。窓から外が見えるわけでもなく、朝とも昼とも区別がつかず、時間の感覚もなくなってきます。それが数日続くと、幻覚が目の前に現れるようになりました。鎮痛のための麻薬による幻覚を疑い、麻薬の使用をお断りしましたが幻覚は消えませんでした。これがＩＣＵ症候群か……と気づいたのは、だいぶ後になってからでした。大学の救命救急センターで二年間もＩＣＵ勤務していながら、自分がＩＣＵに入った時に、そのような変化に自分が見舞われるとは夢にも思っていませんでした。

術後五日でＩＣＵを出て、車椅子で一般病棟に移ることができました。その頃になると痛みは続くものの、耐えがたいような激痛は消えていました。たくさんの管をつけたままですが、歩行もできました。管が一本また一本と抜けていき、抜糸も済み、術後二週間から口でものを食べ始めました。最初は重湯を飲むだけで一時間近くかかりました。食事はだんだん固形物が出るようになり、長く噛んでいなかったのと、手術の影響で噛むこと自体痛みを伴ったので、これには悩まされました。

放射線治療スタート

術後経過は良好で、一月半ばには外泊許可も出るようになりました。一月二三日からは補助療法の放射線治療が開始されました。以後、放射線治療は通院で可能ということで、術後三六日目の一月二七日に退院することができました。放射線治療は当初、痛くも痒くもなく「本当に効いているのだろうか」と思うほどでしたが、ダメージは徐々に現れてきました。照射を開始して四~五日で味覚がストンとまったく消失してしまいました。何を食べても、ぜんぜん何の味もしないのです。唾液の分泌もなくなってしまいました。ビスケットやウエハースなどは口の中に貼り付き、痛くて食べることができませんでした。照射部は脱毛し、皮膚は赤く腫れ熱傷の状態になりました。放射線照射を受ける時には、「放射線には絶対負けまい」と思い、線源を睨みつけていました。

計三〇回の放射線照射のために、退院後は豊島区の自宅から有明まで自分で車を運転して通いました。運転はなんとかなっても、車から降りる時に倒れそうになり、あわてて車のドアにしがみつくことがしばしばありました。そのような状態でも、放射線照射の開始から四週も過ぎると、ギター探しに楽器屋を訪れていました。もちろん言葉はしゃべれませんから筆談です。三月三日には放射線照射もすべて終了しました。

次の補助療法である抗ガン剤治療までは約一カ月間空きます。生命保険は生前給付で満額支給されました。私はもうじっとしていられませんでした。何かがしたくて、とりあえず何かを買いたくてしかたがありません。衝動に突き動かされるままの状態でした。手術、放射線治療と二度の辛い治療を乗り越えたものの、今度は経験したことすらない第三の治療が待っているのです。すべての治療が終わっても、私のガンのステージでは五年生存率は三〇％以下なのです。来年生きてこの世にいられる保証はないのです。

不安を打ち消すように、温泉に行ったり、ローリングストーンズのコンサートに行ったりといろいろなことをして、保険金でいろいろなものを買いまくりました。まず、オーディオセットをグレードアップし、大型プラズマテレビを購入しました。それまでは買うのをためらっていたような高額ギターも一本、また一本と値段も構わず購入していきました。それまでもギター好きでしたが病後は異常でした。どうも物を買うと脳内麻薬エンドルフィンが分泌されるようで、私は多幸感に包まれました。

三月になると桜の花が咲き始め、ソメイヨシノ発祥の地である染井（私の自宅周辺）の桜から、早稲田・神田川沿いの桜、芝・増上寺の桜と見て回りました。来年の桜を見られるだろうかと、桜の姿を心に焼き付けるようにカメラのシャッターを押し続けました。四月に入って「銀鈴会」という喉頭摘出者の発声訓練団体に出席し、トレーニングを受け始めました。空気を飲み込みゲップの要領で吐き出して発声するのです。訓練開始からすぐに短い声が出るようになりましたが、長い時間をかけて訓練した上級者クラスの方でも、実用面でいえば、私にとってとても満足できるレベルではありませんでした。そこで、コミュニケーションの手段として、電気喉頭を手に入れてみました。しかし、抑揚のない特殊な電気的な音（スターウォーズのダースベーダーを思わせる）と、音量の弱さから使用し続けるには限界を感じました。そうこうするうち、いよいよ四月一五日、抗ガン剤治療のための入院日が迫ってきました。

ここまでが、私にとってガンとのつきあいの「承前」、つまり助走期でした。ガンとの戦いを長期にわたって繰り広げること、それこそが〝私の生〟そのものとなりました。しかし、私は絶対に挫けません。前を向き顔を上げて、季節の移ろいを風のささやきや川のせせらぎに聞きとめ、綻びる花のつぼみや宙を舞う蝶の姿に認める、そんな日々を生き継いでいくつもりです。人と会う、自然の中を旅する、コンサートや絵画展などエンターテイメントを普通の人たちと同様貪欲に味わう、そう「諦めない」ことが私の現在のモットーです。以下に私のごくごく日常的な生活ぶり、ガンを抱きとめ、ガンの存在を生活の中に織り込んで生きる、そんな日々を報告したいと思います。

SESSION I

幼年時代
(infancy)

実家は街道筋の商家

実家は出雲街道の途中にある古くからの小さな城下町（美作勝山藩）にある商家でした。鳩山由紀夫氏の曾祖父・和夫（衆議院議長）が出た町で、鳩山家のお墓は私の実家から三〇〇メートルくらいの山寺にあります。由紀夫氏、邦夫氏もしばしば墓参に訪れています。実家は江戸時代から続いた商家で、私が子供のころは祖父、父、叔父、母が酒の卸問屋と小売り店に併せ、セメント販売業を営んでいました。父が十七代目ですから私が跡を継いでいれば十八代ということでしたが、家業はすべて弟に任せてしまいました。現在は母、弟とその家族（妻、一女一男）が実家に同居しています。酒の販売は安売り酒屋の台頭で弟の代で廃業し、父が起こした採石業を弟が継いでいます。

祖父は婿養子で赤木家に入り、それなりに苦労はしたのでしょうが、小商いにも厳しい昔気質の商売人という感じでした。私はもともと左利きだったのですが、お箸を持ち始めたころから矯正のため左手に何度もお灸をすえられたことを今もって記憶しています。箸を左手で持つと、祖父が自分の箸で私の手の甲を思い切り叩くのです。それでも左手遣いをやめないと、家族中で幼い私の身体を押さえつけ左手に灸をすえる。母は「もう持ちませんから、こらえてやってください」と泣いていました。今なら小児虐待ですね。

家業の酒屋は忙しく、私は小学校低学年のころから酒やビールの配達をしていました。

家族全員が揃って食べる夕食時でも注文の電話があると「家康、届けてこい」という感じです。私は黙って、言われた商品を籠に入れ配達していました。もちろん商品の値段を覚えていて、集金もしました。昔は夕食を食べ終わっても、祖父以外は寝る前までまた仕事をしていました。

小学校高学年ともなると学校から帰るやいなや配達が待っていました。自転車に乗ってビールを配達するのです。ビールも五本や十本、一升瓶なら二本三本はいいのですが、「ビール一箱急いで！」となると、さあ大変。重い木箱に二ダース二四本入りですから。平地は自転車を漕ぎながら、坂になると自転車を降りて押しながら登っていきます。ある夕暮れ時、急な坂道でバランスを崩して転び、木箱から飛び出たビール数本が割れてしまいました。大変なことをしたとビールを積み直して坂道を泣きながら帰ってきました。

戻ってきた私を見て祖父は「坂の途中なら、どうして割れていない分だけでもお客様のところまで先に運ばなかったんだ」と叱るのです。割れていない分を先に運べば、二度目は割れた本数だけ運べば済むというのです。ビールを飲みたくて待っている客も早く飲めるし、それに「子供が運べば二、三本割っても勘弁してくれることがある」というのです。確かにそういうことも実際ありました。「イーちゃん遠いとこまで運んでくれてありがとう」と言われ、お駄賃を頂いたり、運んだばかりのジュースを一本飲ませて貰ったこともあります。

そればかりか、割れたビールは瓶の王冠部分が壊れてなければ、ビール会社が新しいものと交換してくれるのです。というのは、昔は瓶にキズがあったり、商品管理が悪いと、夏の炎天下などではビールが自然に破裂することがあったからです。ですから、割れた瓶の王冠部分は新品と交換のため必ず持ち帰らないと、また叱られてしまいます。

中学生になると夏、冬、春の学校休みごとに酒の卸会社の手伝いです。社員が運転するトラックの助手席に乗って、数十キロ圏内の小売り酒屋に酒、ビール、ジュース、ウイスキーなどを運ぶのです。高校生のころになると力も強くなり、私を連れていくと社員が楽になるので、社員の間で私の争奪戦が始まります。その結果、商品の量が多かったり手で持ち運ぶ距離が長かったり、一番大変な荷下ろし現場の社員が私を連れていくことになります。

ですから、私はつねにその日一番大変な現場に行くことになる訳です。私はこの件でアルバイト代を貰ったことは一度もありませんし、社員には感謝されても父から私をねぎらう言葉をかけられたこともありませんでした。父はそれが当たり前だと思っていたのでしょうし、息子をただ働きさせてまで社業に励んでいることを店の内外に誇りたかったのだと思います。

医学生になってからもこの習慣はある程度続きました。金持ちの子息が多い医学部で、同級生達は休みに仲間と誘い合って海や山や海外旅行に行き、自分の車で泊まりがけのドライブに行ったり、毎日サーフィンしたり……実家の経済力と父の教育の厳しさを肝に銘じずにいられませんでした。お酒を運んでいて一つだけいいことがありました。身体が丈夫になり、力は強く、まったくスポーツに縁がないのにスポーツマン体型になりました。「いい体してますね。どんなスポーツをされていたのですか?」と何度訊かれたかわかりません。「実家が酒屋で……年中酒を運んでいたもので」と正直に言えるようになったのは四十過ぎてからです。

厳しかった父、優しい母の思い出

父は大変厳しい人で、私は子供のころから叱られっぱなしで過ごしました。父は、すぐにかっとして手が出ます、ものが飛びます。子供のころ、自分ではそれほど出来が悪いとは思わなかったし、それどころか成績は良かったけれど父に一度も褒められた記憶がありません。祖父の初孫としての私に対し、期待が大きかったのでしょうか。小学校の成績表が少しの四と、あとはほとんど五だったとき、私は「これで父に褒めてもらえる」と思い、勇んで成績表を見せたところ「まだ四がある!」と叱られたことは記憶に強く残っています。子供に対する愛情をそういう形でしか示せなかったのでしょうが、とにかく私と妹二人は厳しく育てられました。

昭和四十、五十年代、時代の波に乗って家業を発展させ、新しい会社を作っていった父を尊敬はできても、六十八歳で死ぬまで、私は「父が好きだ」という感情を持ったことがありませんでした。愛情深いところもたくさんあったのですが（私などよりずっと情愛は濃やかだったはずです）、私から言えばそれが空回りしているような感じでした。旅行やキャンプに連れていかれても、いつ怒り出すかと楽しく感じられないのです。私が医者になって三十過ぎてからも、会話の中のほんのささいなことで「医者になったからといっていい気になるな！」と怒られていました。

母は、田舎の美人三姉妹の真ん中で、二二歳の時に岡山県苫田郡鏡野町（現在は山田養蜂場で有名）から親戚の紹介で見合いをして嫁入りしました。勝山よりもっともっと田舎で、実家は畑と田んぼの中にありました。母の実家は昔からささやかな醤油の醸造と農業で生計を立てていたようです。母の実家にはそれなりに厳しくてもちゃんと筋の通った、論理的で優しい祖父母がいました。蛍が飛び回る母の実家に、夏休みにはいとこ達と泊まりにいき、素晴らしい思い出をいくつも作りました。

一方で、父は母にも厳しく当たっていました。父の短気に辟易し、母は泣きながら小さかった私の手を引いて、妹を背中に背負い、家をとび出したこともありました。私が小学生のころまでは大変厳しい母でしたが、年を経るごとに優しく、強く、頑固だけれどユーモアがあり、私にとってはかけがえのない母親です。今回、私が入院してからは、毎朝経過報告のメールをして、母を心配させないようにしています。母の姉妹たちともいい関係で、今でも可愛がって貰っています。

赤木家の子供は、私が長男、上の妹、下の妹（ともに兵庫県在住）、家業を継いだ弟の四人兄弟です。兄弟仲は非常にいいと思います。弟の学生時代には、東京で私と共同生活をしていました。私が医師になり当直で何日も帰宅できないときなどは、弟が大学病院まで下着の替えを洗濯して原付バイクで届けてくれました。四人とも互いに信頼し合っているため、それぞれの配偶者同士もとても仲がいい。父の遺産相続の際には会社を三十歳代で継いだ弟を助けるため弟と母に全財産を相続させ、私と妹二人は相続権を放棄しました。

UNPLUGGED Ⅰ

ネバギバ日記

(Never Give Up Diary)

「めげない、こけない、あきらめない」

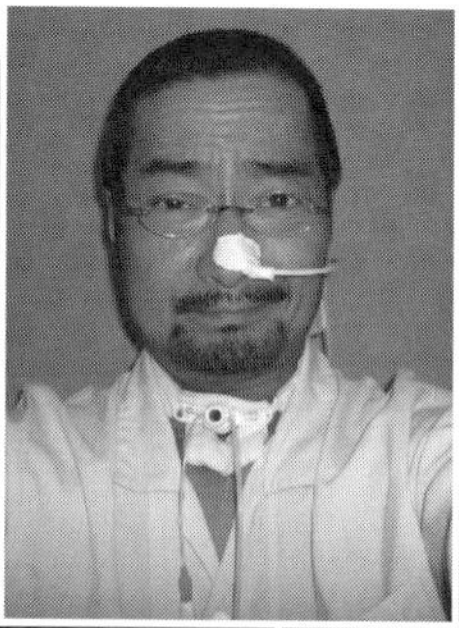

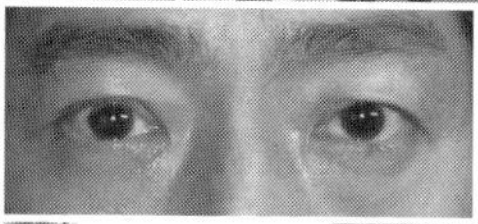

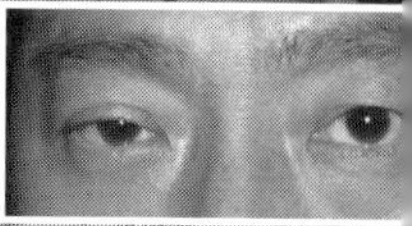

２００６年４月14日「明日入院です」（初めてのｍｉｘｉ日記）

抗ガン剤治療のため明日（四月一五日）入院指示の連絡ががん研有明病院からありました。召集令状が来たか。無期懲役を宣告されたような気分です。鬱になってもしょうがないですが、医療人でありながら治療を受けなければならないのは嫌なものです。

２００６年４月28日「もう駄目です」

抗ガン剤治療開始後、一週間は楽だったのですが、その後なんとも言えない苦しさが続いていています。白血球も一三〇〇まで下がり、白血球を増やすノイアップという薬を打っています。口内炎の痛みで口は開かず、口の中をボコボコに殴られたような感じです。ほとんど一日ベッドの上です。

入院前は通常の食事が食べられていたのですが、今はぜんぜん食べられません。エンシュアリキッドという栄養剤を飲んでいます。主治医にお願いして、一度抜いた点滴を再開しました。こんな苦しい治療を四～六回行うとのことですが、二回目はもう嫌です。

２００６年５月２日「退院しました」

初めての抗ガン剤治療のため入院中でしたが、昨五月一日朝の検査で白血球も正常値まで増加、他のデータも許容範囲ということで退院許可が出ました。全身倦怠は軽減し、口内炎も流動飲料食なら摂取可能です。めでたく午後、自宅に帰宅、早速近所を散歩しました。一七日間も入院して動いていなかったため、脚がガクガクでした。巣鴨のとげ抜き地蔵に行ってきました。また、大変暖かく、車も空いていたため独りで夜ドライブに出かけました。車の屋根を開け、首都高を七〇キロも走ってきました。がん研有明病院も見てきました。私が午前中までいた部屋は電気が消えていました。

もうひとつ、脱毛が始まりました。恐ろしいほど抜けます。昨日一日で半分抜けました。今日床屋で髪を短くしてもらいます。

2006年5月3日

「婆婆はいいなぁ～」

抗ガン剤の副作用の脱毛が始まりました。凄い勢いで髪が抜けます。始末におえなくなる前に床屋に行きました。ショートカットにしましたが、こんなに短くしたのは中学生以来のことです。

食事も二週間経管栄養剤を飲んでいましたが、口内炎も回復、食欲も出てきたので細めのうどんを食べました。ずっと顎を使っていなかったので、顎がガクガクして痛くなります。みなさんは経験ないでしょ。午後はユニクロに行ってTシャツ買ったり、デパートの北海道物産展でラーメンを買ったり、ギター屋さんにも行きました。やっぱり娑婆はいいぜ〜。元気が出ます。明日は頭を隠す帽子を探しにいきます。

2006年5月20日　**「再入院決定」**

五月二二日、来週の月曜日から再入院で二回目の抗ガン剤治療です。負けないつもりで入院しますが、途中は辛くてもう治療を受けるのが嫌になってしまうのではないかと思っています。退院後の三週間で気力、体力が戻っていればいいのですが……。昨日、日本整形外科学会の学術集会に横浜まで行ってきました。手術機械メーカーの方たちと記念写真を撮りました。

2006年5月22日　**「入院しました」**

今日、午前中に入院しました。早速、飯田さんと小林さんがお見舞いに来てくださいました。この場をお借りしてお礼申し上げます。どうもありがとうございました。明日から抗ガン剤の点滴です。負けないように頑張るつもりです。ええい、毒を喰らわば皿までじゃい！

2006年6月11日「近況」

昨年一二月に喉の手術を受け、一～三月の放射線治療に続いて化学療法(抗ガン剤治療)を四～五月で二回受けました。本来は四～六回受けるように言われましたが、副作用があまりにも辛く、耐えられる限界を超えていたため主治医にお願いして二回で終了してもらいました。直近の検査では今のところ転移もなく経過良好とのことで、予防的に用いた抗ガン剤も二回で終了していいという判断でした。

現在は、抗ガン剤の副作用から回復するのを待っています。全身倦怠は改善しましたが、体力の低下が著しい。味覚が低下して食べ物に味が無く、食欲もまったく湧かないために体重が六〇kgまで減りました。唾液もほとんど出ないので、通常の食事は無理です。スープや果物、ジュースなど飲みやすいものばかり飲んでいますが、体力をつけなくてはと無理に食べている状態です。一時期は八三kgもあり、太り過ぎだったので急に二〇kg以上痩せて身体が軽いです。

頭の毛もまだらに抜けてみっともないので剃ってしまいました。いわゆるつんつるてんのスキンヘッドです。言葉は食道発声の教室に週三日行っています。空気を食道に貯めて、〝げっぷ〟の要領で声にします。しかし、なかなか熟練と長い訓練期間を要するため、肺から食道に空気を送る手術を受けて、声を出しやすくしてもらう予定です。その手術が終わって、訓練で声が出るようになれば、いよいよ職場復帰できると思いますが、まだまだ道のりは遠そうです。

昨年まで忙しい日々を送っていたことから考えると、十分時間に余裕のある生活を送っています。私はガンになり休職していますが、もしガンにならないであのまま仕事を続けていれば、心筋梗塞や脳梗塞などの病気で倒れていたと思います。それくらい殺人的に多忙でした。きっと神様が休むようにと私を促したのではないかと思います。ガンになって手術で声を失うくらいの大きな障害が起きなければ、私は仕事を休まなかったでしょう。患者さんや職員のみなさんにはご迷惑をおかけしていますが、命の洗濯のつもりで焦らずに治してゆきたいと思っています。

2006年6月26日「紫陽花の季節」

六月二四日に王子の飛鳥山公園に紫陽花を見に行きました。紫陽花は雨に濡れたくらいの方が美しいかもしれません。今度は雨降りの日に出かけてみようと思います。飛鳥山は自宅からも近く、新庚申塚から都電荒川線で行ってきました。障害者手帖の無料パスで都電にタダで乗れます。京浜東北線沿いの小径に紫陽花がたくさん植えられています。今まで綺麗だなと思っても、写真を撮りにいく時間がありませんでした。

季節ごとに目を楽しませてくれる自然が身近にありながら、日々の暮らしに追われて目を向けることができませんでした。病気になって初めて四季の美しさに目を向けるとは皮肉なものです。抗ガン剤の点滴が終わり1カ月が経ちましたが、まだ左腕には点滴の痕がしっかり残っています。手足二〇本の爪一本一本にも、二回の抗ガン剤治療で出来た二本のスジが残っています。この痕が消えるころにはもっと元気になっていると思います。

2006年7月11日 「正常値レベル」

体調は良好です。貧血はありますが改善傾向ですし、白血球数も正常値に戻りました。肝機能、腎機能ともに正常です。腫瘍マーカーも正常値レベルです。散歩で長い距離を歩いたり、小走りや早足の歩行でも動悸・息切れがなくなってきました。骨髄抑制が改善したのでしょう。

2006年7月24日 「江ノ島水族館」

今年は梅雨明けが遅いようです。昨二二日は、自動車で富士スピードウェイにウドー音楽事務所主催の野外コンサートを聴きにいき、朝から夜まで楽しんできました。私の好きな豪華アーティストが多数出演していました。

今日は電車で江ノ島水族館まで脚を伸ばしてきました。クラゲを見て心癒されようと思ったのですが、子供に押されるは足は踏まれるは、それどころではありません。夏休みで子供が多く、失敗しました。もう少し早い時期に行けばよかった。

2006年7月26日

「誕生日」

今日二六日で四九歳になりました。これも皆さまの励ましのおかげと感謝しています。さて、昨二五日、私は日本橋三越本店へと開店直後に向かいました。それは、サンリオのキティちゃんギターをゲットするため。限定一本のキティちゃんギターは、アメリカのフェンダー社製でなんと二五六万円！　しかし、購入希望者は六人もいたのです。テレビ局が撮影するなか、私は抽選で外れてしまいました。みごと当選したのは、富山県から来た珍しいものを集めるのが趣味のお爺さんでした。まあ見たところ、ギターの価値は一〇〇万円がいいところでしょう。しかし稀少価値はあるし、誕生日の記念に欲しい気もしました。夕方のテレビニュースでも放映されていました。

2006年8月8日

「花火のあと」

隅田川の花火そのものは綺麗でした。目の前で上がる花火の写真を何十枚も撮りました。

しかし、道路に降りて幻滅しました。江戸通りは食い散らかしたゴミの山です。ゴミ箱が近くにないわけではありません。日本は自分の出したゴミの始末さえできない人の集まっている国家なのですね。あちこちでゴミのような若者が酔って諍いをおこしていました。

地下鉄で帰りましたが、大人のマナーがいいわけでもありません。駅の階段でどんどん後ろから押されます。脚の丈夫な私でも危険を感じるのですから、高齢者や障害のある人は、人混みに近づくなということですか？

まあ、美しいものを見たあとに、醜い日本を見て帳消しになりました。みなさんは美しい花火だけをご覧下さい。

2006年8月11日

「下部温泉、富士国際花園、白糸の滝ドライブ」

八月二、三日と温泉に行ってきました。私が以前手術した平均年齢七〇歳の女性患者さんたちと一緒です。私が病気になる前から年に一～二回一緒に旅する仲で、今回で五回目です。自動車で中央道を突っ走って河口湖へ、そこから西湖、精進湖、本栖湖のそばを通って下部温泉へたどり着き、患者さんたちと合流しました。元気になった私を見て、彼女たちも大変喜んでくれました。温泉にゆっくり浸かって、マッサージを受けて、夜中の一時まで四方山話にふけりました。

翌日は富士国際花園へ。花とフクロウとエミューと……行ったことのない方は一見の価値があると思います。綺麗でした〜。その後、白糸の滝に回って、またの再会を約して帰ってきました。

2006年8月14日　「明日から入院！」

昨夜はパラレルさんご夫妻と東京湾大華火大会へ行ってきました。隅田川、熱海、東京湾と三週連続で花火見物です。今までこんなに花火を見たことありません！　こちらは隅田川と違って観客のマナーが良かったです。たくさん歩いて、たくさん飲んで、楽しい気持ちで帰れました。

明日から声を出すプロヴォックスを挿入する手術のため入院です。一六日に手術を受けて、今週中には退院できると思います。私の治療も終わりに近づいています。頑張ってきます。

2006年8月23日　『シャント手術』

先日八月一五〜一九日まで五日間入院して、声を出しやすくするT-Eシャントという手術を受けてきました。気管と食道に孔を開けてプロヴォックスという弁のついた機器を挿入したのです。これによって気管の空気を食道に送って声にします。手術、二回の抗ガン剤治療入院に次いで四回目の入院でした。とりあえず、これで大きな治療は終わりです。あとは経口の抗ガン剤（TS-1）の内服だけです。今のところ局所再発も肺転移も無い状態です。

入院の前日に、立川の昭和記念公園にひまわりを撮りに行きました。ひまわりのアップ写真を載せます。

2006年8月25日 「永生病院に行ってきました！」

今年三月以来、五カ月ぶりに永生病院に行ってきました。たくさんの高齢女性患者さんにお会いして、彼女たちにうれし泣きされてしまいました。前日何人かの患者さんに電話して、翌日の来院を伝えておきました（言っておかないと、どうして黙っていたのかと後で口撃される）。他の患者さんもたくさん会いに来て下さいました。

もちろん、パラレル氏のネジ抜きも行いました。発病後八カ月ぶりの手術でしたが、まったく問題ありませんでした。復職もできそうですが、もう少し遊びたいかな……。

2006年9月13日「入院しちまったぜ！」

八月一六日に声を出しやすくするT-Eシャント手術を受けて、一九日に退院しました。その後、発声練習をしながら「声が出る！」と楽しく暮らしていたのですが……二五日頃より水分を摂るとむせるのです。そのため二九日になって病院にかかったところ、手術の合併症でシャント孔が拡がり、水分が漏れているとのことでした。シャント孔の収縮を待つため、プロヴォックスを抜いて、その日のうちに入院となりました。

今日でもう入院一六日目です。季節は夏から秋に変わってしまいました。口からの食事はできず、水も飲めず鼻からの管で入れています。誤嚥防止に気管にも管を入れています。治癒にはまだまだかかりそうですが、しょうがないので治癒を待ちます。

2006年9月25日「経過観察中」

八月二九日から九月一六日まで一九日間、それに九月一九〜二一日まで三日間、計二二日も入院していました。シャント孔の収縮を待っていたのです。気管や鼻に管を入れて苦しい入院生活でした。体は元気なのにずっと病室でひたすら待っていました。

やっと退院できたし、昨二四日は天気が良かったので、埼玉の日高市にある巾着田の曼珠沙華の群生を見にふらりと行ってきました。ガン治療の合間の休息です。

2006年10月7日　**「経過良好！」**

なんとか苦しい九月を乗り切れたようです。声は、まだまだ満足できるレベルではありませんが、スターバックスで注文ぐらいはできるようになりました。これから発声のリハビリを続けていきます。

先日、PET（全身にガンがあるかどうかを見る検査）の結果を聞きましたが、転移も再発も今のところなさそうです。このまま行ってくれればと思っています。まあ、悪運は強い方なので大丈夫ではないかと思います。先日、東京芝の『豆腐屋うかい』へ誘われて行ってきました。みんな美味しい美味しいと言って食べていましたが、私には薄味はわかりません。早く味覚が戻ってくれればいいのだけれど。

2006年10月29日　**「一〇月も終わりです」**

休職して一〇カ月になります。もう一〇月も終わり、間もなく一一月です。若いころは時間がゆっくり過ぎていきますが、歳をとるとあっという間です。苦しい中にもいろいろと楽しみを見つけ、闘病生活を送っています。諏訪の北澤美術館にガレの作品を見にドライブがてら行ったり、松江のルイス・C・ティファニー庭園美術館に母と行ったり。また、上野の森美術館にダリ回顧展を観に行ったり、昨夜はパラレルさんたちと八王子で楽しい会食をしました。来年からは少しずつ仕事をしようと思っていますが、転移と再発のないことを祈るのみです。

2006年11月14日「日光ドライブ」

天気も良く、一日なにも予定がなかったので、一人で日光へドライブに行ってきました。東北道で宇都宮から日光へ。いろは坂を抜けて中禅寺湖へ、それから戦場ヶ原まで行ってソフトクリームを食べる。引き返して華厳の滝を見てトロロ蕎麦を食し、日光市内から鬼怒川温泉を通過して、日塩もみじラインの紅葉の中をドライブ。山の中を抜けて塩原へ、那須塩原インターからまた東北道経由で帰ってきました。一日で四五〇キロも走りました。

2006年11月21日「仕事（一部）復帰しました」

昨一一月二〇日から外来診療を開始しました。約一年ぶりの仕事でした。懸念されたような問題はなく、診療時間はスムースに経過しました。受診した患者さん何人にも泣かれてしまいました。赤木家康死亡説も四～五回流れたそうです。先日、別の患者さんにも直接（!?）死亡説を確認されましたから。誰か私の死亡説を流す人がいるらしい。残念ながらまだ生きてますよ。

私はこの病気になったことを辛いとは思いませんでした。大して苦しみもしませんでしたし、よく言われる鬱にもなりませんでした。みなさんの励ましで、病人生活を比較的容易に乗り切ることができました。自分の人生を見直す意味では、病気になって良かったとさえ思っています。病気になってからも楽しい時間をいっぱい過ごしました。今はすこし遊びながら、外来はリハビリのつもりでやっています。

2006年11月30日　「金沢に旅してきました」

一一月二一～二三日に友人（大学の同級生）の病院の職員旅行につき合って、二泊三日で金沢に行ってきました。金沢の兼六園、花街、金箔屋さん、東尋坊、那谷寺と盛りだくさんでした。宿泊は山代温泉。リハビリもかねての旅行でしたが、もう大丈夫そうです。ちゃんと旅行にも行けました！

やることがいっぱいあって日記を書く暇がない！　昨日は私の患者さんたちと一緒に高尾山に登ってきました。天気も良く、大混雑で山頂が渋滞していました。都内へ戻ってきて、ブルーノート東京へスタンリー・クラークのライブ演奏を聴きに行きました。スタンリーのライブは初めてでしたが、聴き応えのある素晴らしいライブでした。購入したCD

にサインして貰い、握手までしてもらいました！

2006年12月4日 「眼瞼下垂」

下咽頭ガンの手術によって、頸部リンパ節の郭清のため私は頸部交換神経節を切除されました。その結果、右のホルネル症候群にかかり、右の上瞼だけが垂れ下がる眼瞼下垂になってしまいました。今日、その眼瞼下垂の手術をがん研有明病院形成外科のS医師の執刀で受けました。S医師にとってはなんでもない小さな手術でしょうが、やはりプロの技術は違うという実感を切々と感じました。

専門は違え、私も素人ではありません。S医師は手術中に「俺も瞼の手術受けたいんだけど、だれもやってくれないんだよな……」とぼやいていました。S医師の瞼は確かに……私の眼瞼下垂の瞼より被っているかも（失礼！）。手術を受けて良かったと、大満足でがん研有明病院をあとにしました。

2006年12月7日 「京都日帰り！」

日記が前後しますが、一二月一日には無理を承知で紅葉を見るため京都に日帰り旅行しました。朝七時の新幹線で出発、帰宅は深夜一二時前でした。一日たっぷり京都を堪能しました。数百枚の写真をデジカメで撮影しましたが、気に入ったのは一枚だけ。疲れることもなく、楽しい一日でした。

2006年12月8日 「発病一年です!」

思い起こせばちょうど一年前、喉の違和感と右頸部の腫脹がありながら、なかなか病院へ行くことができずにいました。昨年一二月八日、木曜日、午後に予定していた股関節の患者さんの全身状態が悪く、手術が中止になりました。ぽっかり空いた時間に東海大八王子病院で受診、その場でガンの告知を受けました。その日はジョン・レノンの命日、日本軍が真珠湾奇襲攻撃を行った日でもありました。翌九日には東海大八王子病院に入院、検査でした。

それから今日までで、もう一年も経ったのですね。なかなか感慨深いものがあります。

2006年12月9日 「リー・リトナー」

またまた、ブルーノート東京に行ってきました。吉田氏、榮医師とともにリー・リトナーを聴いてきました。リトナーとの共演は、私のもっとも好きなピアニスト、デイブ・グルーシンでした。

2006年12月12日 「有明晴天！」

今日は気持ちのいい冬の好日でした。右の眼瞼下垂の術後一週間で、抜糸の日です。朝からがん研有明病院へ赴き、術者のS先生に抜糸してもらいました。「赤木先生は外科医だから自分でチェックして、何かあったら来て下さい」。予想通りのお答えでした！

2006年12月13日 「バンド練習」

一六日は職場の忘年会です。余興のおやじバンド演奏の練習に行ってきました。私がギターを弾き始めたのは中学生時代、一九七〇年頃だと記憶しています。もう三六年もギターを弾いているのに、ちっともうまくならない。若いころ、音楽を一生の仕事にしたいと考えたことがありましたが、医学生だった私はいくじなしで医者の道を捨てることができませんでした。良かったのか悪かったのか。でも誰一人として、当時の仲間で音楽で身を立てた人はいませんでした。プロのギタリストになることに比べれば、医者になるのはさほど難しくありません。本当の意味での良医になることは難しいと思いますが。

ポール・アンカ……往年の人気歌手です。ＲＯＣＫＳＷＩＮＧというＣＤを聴いています。これは有名なロックのヒットナンバーを、ジャズにアレンジしてポール・アンカが歌っているアルバムです。素晴らしい名盤です。みなさんぜひ聴いてみてください。今や、FMを聴いていて、いい曲が流れたらその時間を覚えておけばFM局のHPで曲名・歌手名がすぐに調べられます。HPでクリックすれば、すぐ当のCDを購入することができます。なんと便利な世の中でしょう！　おかげで私は聴ききれないほどのCDや、見切れないほどのDVDに埋もれています。

2006年12月14日「定期検診」

今週は三回もがん研有明病院に行かなくてはなりません。月曜日は形成外科の抜糸に、今日は化学療法科の定期検診、明日は頭頸科の診察です。

今日の血液検査ではまだ貧血はあるものの、問題ないレベルまで回復しています。正常男子が六カ月も貧血が改善しない抗ガン剤の副作用というのはすごいですね。私はそれまで多血症気味だったのですが（血の気も多い！）、貧血の経験はありませんでした。六月に最後の抗ガン剤を打ってまだ貧血とは……。一方、運動してないので尿酸値が高くなっていました。甲状腺も副甲状腺も切除しているので、自分で薬を飲みカルシウム値を調整しています。通常量の約三倍のビタミンDを飲んだらカルシウム値が正常値になりました。コントロールが微妙です。

手術後一年！　感無量です。有明病院の梶谷鐶《かじたにたまき》記念手術室の入り口を撮影してきました。梶谷先生は私と同じ岡山県出身、手術件数一万四〇〇〇件はすごい。私は自分の執刀で二〇〇〇件、指導医、助手で四〇〇〇件くらいかな。まだまだですね。先生は一九九二年に亡くなられて、岡山で眠られているそうです。明日も病院受診です。

2006年12月16日　「障害者年金」

今週三回目のがん研病院受診。がん研有明病院を受診して一年になるけれど、ここで治療を受けられたことは幸運だった。今後の結果はわからないけれど、少なくとも日本一の病院で、自分が考え得る日本で一番と思われる医師に手術を受けたことはさらに幸運だった。川端先生に一年のお礼を述べた。

今日、初めて障害者年金が振り込まれた。本人には障害者という意識が全くない！　でも、他から見たら言葉を失った私は大変な障害を抱えているように見えるだろう。立派な聾唖者である。でも私は、「今までしゃべりすぎて、余計なことまでしゃべっていた。言葉の障害者でちょうどいい」と負け惜しみでなく思っている。

2006年12月17日　「忘年会」

今年の永生会の忘年会も盛大なものでした。私には二年ぶりの忘年会参加でした。昨年の今頃は手術前でいろいろと大変でしたが、今年なんとか忘年会に参加できました。いろいろな方から復帰を祝福されました。ほんとうにありがとうございました。バンド演奏で四曲演奏しました。たくさんの、抱えきれないほどのお花を頂きました。ギターは二年前と同じギターを使いました。

2006年12月20日　「オアフ島上陸」

一八日の月曜日、私は外来診療終了後に電車に飛び乗って成田空港へ。飛行機でオアフ島に上陸です。家族は自宅から直接成田へ。昨年、日大水泳部の最後のハワイ遠征に、チームドクターとして参加予定だったけれど、病気・手術で参加できませんでした。そのリベンジに、最初からオアフ島上陸を決めていました。

ハワイ二日目の夜は、オプショナルツアーでチャイズ・アイランド・ビストロへ夕食に行きました。ツアーデスクで「明日の夜はジェイク・シマブクロが出演するのでお得だ」と奨められたからです。ジェイク・シマブクロは以前から好きなウクレレ・プレイヤーでした。約一時間二〇分にわたるウクレレ・ソロは大変素晴らしいものでした。食事も前菜（エビ）、魚（ロブスター）、肉（ビーフ）、デザートと海外旅行にしては十分に満足できるハイレベルのものでした。

2006年12月22日　「晴天続き&術後一周年記念日」

ハワイは晴天が続きます。朝からバーでビールを飲みながら新聞、雑誌を読んだり、午後には昼寝をしたり、快適な時間を過ごしています。一二月二二日、私が昨年手術を受けた正に当日！　一年間でここまで回復しました。感無量です。

母から「旅行が楽しくなくなるから怒らないように」と言いつけられたのに、昨夜はメールしながらワイキキの通りを歩く娘を叱ってしまいました。娘は大泣き！　あ〜あ、母との約束を破ってしまった。世の中から携帯電話がなくなればいいのに。便利なことも多いけれど、そのために多くの無駄な時間も費やしていると思う。

2006年12月24日　「寒い日本に帰国しました」

二三日、土曜日の午後、帰国しました。やはり日本は寒いです。Tシャツで歩いていた状況から一転してコート着用です。のんびりしていた日々から慌ただしい師走に逆戻りです。日本に帰ると、いろんな用事が待っていました。

2006年12月27日「音楽雑誌Playerが出ます！」

音楽雑誌『Player』が二八日に出ます！　六〇〇円です。赤木コレクションは九ページにわたる大特集。アマチュアのギタリストでこのような特集が組まれることはまずあり得ません。今日、『Player』誌の田中社長と新宿でお会いして、発売前の雑誌を頂いてきました。みなさんぜひ買って下さいね(笑)。私の、一生の記念の雑誌になるでしょう。

街は年末の慌ただしさで駅は大混雑、道路は大渋滞！　あと数日で都内もガラガラになるのにね。日本人は決まったときにみんなで一緒に休むから、混んだり空いたりの差が激しいのだなぁ。

2006年12月31日「今年も終わりです」

あと数時間で今年も終わりです。私にとっては今までに経験したことのない一年間でした。これで私の戦いが終わったのか、まだまだ続くのかわかりませんが、やがて時間がすべてを教えてくれるだろうと思います。暖かく見守ってくださった方々、応援して下さった皆さま、どうもありがとうございました。来年こそいい年にしたいと思います。よいお年を。

SESSION II
ロック少年時代
(Rock'n'Roll Boy)

ポップスとの出会い

小学校四年から六年まで担任だった蓬郷《とまごう》和男先生は忘れられません。思い出すだけでジーンと胸が熱くなります。それまで父に褒められるということがなかった私を褒めて伸ばしてくださいました。教科書の問題が簡単すぎて授業に身が入らない私の態度を見て、難しい問題集に取り組むことを提案され、市販の問題集を買って毎日解いてこいとおっしゃいました。問題を解いていくと先生が採点してくださり、解けなかった問題は丁寧に教えてくださいました。全部解き終わると「赤木は、もっと難しい問題も解ける。簡単な問題をいくら解いても力にはならない」と励ましてくださいました。低学年の時は学級委員長になどなったことがなかったのに、四年生からはずっと学級委員長でした。

小学生時代にテレビで見たグループサウンズの格好良さが、私の音楽との出会いだったと言えます。当時の私には英語の歌詞を歌うビートルズは理解できず、聞きやすいギターメロディーだけのベンチャーズは、スーパーやデパートなど何処でも流れていて大好きでした。私はビートルズとベンチャーズを並列で考え、世界の二大グループだと大きな思い違いをしていました。

本格的な洋楽との出会いは、中学生になって深夜放送を聞き始めてからです。当時は、高校生のお兄さんやお姉さんたちが〝深夜放送を聴きながら受験勉強する〟というのがトレンドでした。ところが、山の中の盆地にある自宅の大きな真空管ラジオではNHKしか入らないのです。そこで私には甘い叔母に頼み込んで、ラジオカセットレコーダー〝東芝ICアクタス〟を買ってもらいました。

ラジオでは今、東京で話していることが電波に乗ってリアルタイムで岡山の山の中で聴けるのです。その上、DJがかけた曲をカセットテープに録音できるのです。さすがに東京からの電波は弱く、ときどき韓国語や中国語の電波に遮られてしまうこともしばしばでした。深夜放送にはまった同級生たちは次の日になると、前日の放送の話で盛り上がります。しかし、授業中はうつらうつら……などということもありました。

そのうち、「昨日かかっていた曲のレコードを買おう」という話になりました。しかし、私たちの田舎町にはレコード屋がありません。そこで七キロほど離れた隣町のレコード屋まで、五人で自転車に乗ってレコードを買いにいきます。隣町のレコード屋には、棚の中にぎっしり夢が詰まっていました。テレビに出ているあの歌手、この歌手のレコードが溢れかえり、サイケデリック（!?）な洋楽のレコードまであるのです。

もちろん、全員がレコードを買えるほどお小遣いを貰っていませんでした。小遣いのある二人か三人がシングルレコードを買って、早く聞きたくてたまらず、全速力で自転車を漕いで帰ってきます。新品のキラキラ光るシングルのドーナッツ版を、宝物でも扱うようにゆっくりターンテーブルの上に載せます。レコード針は細心の注意を払ってそーっと、そーっとレコードの上に置きます。プチッと音がして、今まで聞いたことがない不思議な音の世界が五人を包むのです。至福の瞬間でした。

最初にギターを弾き始めたのは、この幼なじみの五人組とです。私たちの中学生当時は、フォークソング全盛時代でした。二人、三人がギターを持ち寄り、明星や平凡に付録の歌本一冊を五人がのぞき込むように見ながら、まるで自分が吉田拓郎や井上陽水になったかのように歌うのです。そのうち、それがニール・ヤングになりアメリカになり、サイモン&ガーファンクルになるころには、私たちは高校生になっていました。私一人だけが生まれた町を離れて寄宿舎生活を送っていたため、土日に帰省すると皆が集まり夜遅くまで酒も飲まずに歌い狂うのです。親に「何時だと思ってるの。いい加減にしなさい!」と怒られると、瞬間皆の声は小さくなりますが、小さな声で宴はまだまだ延々続くのでした。

落とし穴はロックバンド活動

私の生まれた山間の田舎町には、ごく普通の県立高校が一つあり普通科と商業科がありました。中学校を卒業するとその高校に入るのが一般的でした。しかし、強く大学受験を希望する人や特殊な学部に進みたい人は町を離れて進学校にいく道を選びました。地元の高校でも大学に進めないと決まったわけではないですが、ほとんどの人が大学進学を望むわけではない地方高校では、大学受験対策には向いていなかったと思います。

おぼろげながら医学部進学を希望していた私は、自宅から七〇キロほど離れた私立の進学校に進み、一五歳で寄宿舎生活を始めました。寄宿舎生活は朝六時の起床から、夜一〇時の就寝まで規則正しく、自分に甘いところのある私にとっては大変好都合でした。学ばない者にとっても遊び仲間がいる寄宿舎は好都合ですし、学ぶ者にとっては疑問・質問に答えてくれる成績優秀者がいる寄宿舎は勉学に最適な場所でした。田舎の中学では成績優秀者だった自分も、進学校の中では入学時の試験で三〇〇人中の二三〇番程度でした。自尊心を粉々に打ち砕かれた私は、猛勉強するしかありませんでした。

夏休み明け、二学期の最初の試験では一〇〇番以内に、三学期最初の試験では五〇番以内、高校二年生最初のテストで一〇番前後まで登りつめていきました。このままいけば……と思ったところで、大きな落とし穴がいくつも口を開けて待ち構えていました。友達と遊べば何をしても楽しいし、彼女ができれば放課後や休みの日はデートに出かけ、バイクに乗ればすぐ何処にでも行けるし。悪ぶってタバコを吸ってみたり。

もっとも大きな落とし穴はロックバンドにはまったことです。エレキギターを歪ませて髪を伸ばして歌えば、その瞬間に自分はロックヒーローになりきっていました。コンサートをやれば友達がたくさん集まって、打ち上げには酒も振る舞われました。

成績を上げるには大変な努力を要しますが、落とすのは簡単でした。一度落ちた成績をもう一度上げるには、以前の努力の何倍も必要なことを痛感しました。目先に楽しげなものがキラキラとたくさんぶら下がっている状態で、それに背を向けて地道に勉強する生活に戻ることはできず、そのままの成り行きで高校を卒業、浪人生活へと突入していったのです。

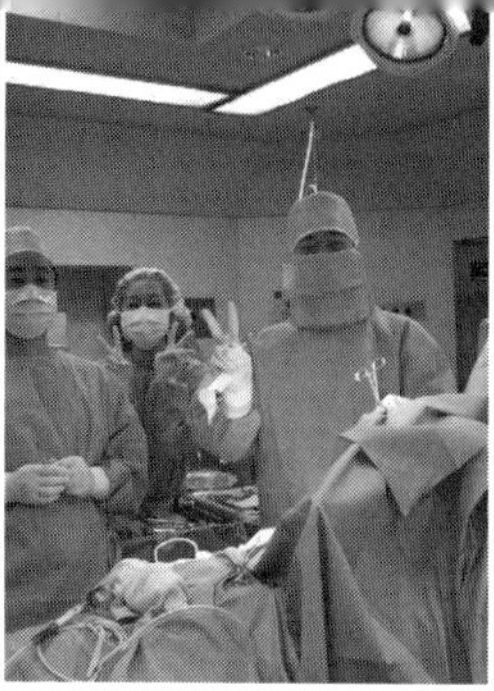
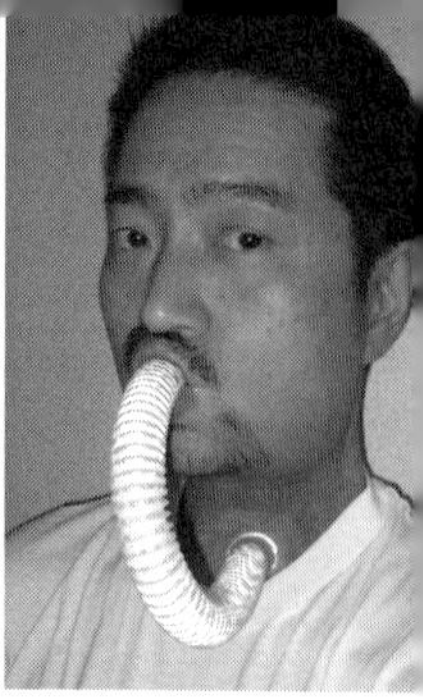

UNPLUGGED Ⅱ

ネバギバ日記

（Never Give Up Diary）

「負けない、退かない、あきらめない」

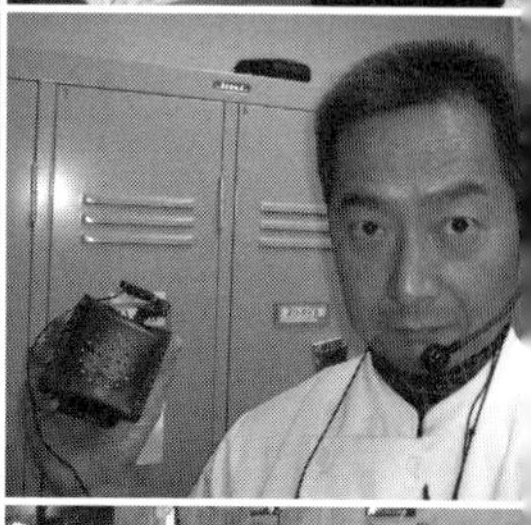

2007年1月9日 「初詣に行きました」

新年明けて初詣です。私が手術した七〇代の女性五人と北風の強い中、もっと厚着してくればよかったと後悔しながらスタートしました。昨年までは暑がりで冬でもぜんぜん平気だったのに、喉の手術で甲状腺を切除したせいかと思いますが、今年は寒くてしょうがありません。昨冬は入院中で、病院の中では寒さも感じませんでした。

「浅草名所《などころ》七福神詣で」という、台東区（一部、墨田区を含む）を一周するお参りコースでした。笹を持って詣でている人の多さにビックリです。さすが江戸時代から伝わる風習です。朝十時半に浅草寺から始まり、浅草神社、待乳山聖天、今戸神社、橋場不動尊、石浜神社、ずっと吉原を抜けて吉原神社、鷲神社、最後に矢先神社で合計九カ所の寺社を巡りました。ほんとうは福笹に絵馬を提げて、色紙、福絵に各寺社の御朱印を頂くそうです。終了は午後四時でした。こんなに歩いたのは久しぶり。でも、ゆっくり歩けばいくらでも歩ける、と自信になりました。

2007年1月10日 「仕事始め」

昨日は雲一つない晴天でした。空は「抜けるよう」としかたとえようのない青さでした。散歩に出かけた染井霊園で桜と白木蓮のつぼみが膨らんでいるのを見つけました。木々も、これから三カ月後の開花に備えているのです。今日はこれから仕事です。晴天のなか仕事に向かいます。今年の順調な滑り出しになるよう祈っています。

2007年1月12日 「フォープレイ二日連続で行きました」

今年もブルーノート東京で楽しみます！ 昨夜は友人の吉田氏と二人で、今夜は整形外科の後輩たち七人とで二晩連続です。

私のもっとも好きなフュージョンバンド、フォープレイを聴きに行きました。ギターのラリー・カールトン、ピアノのボブ・ジェームス、ドラムスのハービィー・メイソンは三〇年来のファンです。ベースのネーザン・イーストも大好きなベーシストで、エリック・クラプトンの前回ツアーまでサポートメンバーを務めていました。

素晴らしい演奏で二日間では聴きたらず、三日でも四日でも行きたい気持ちです。昨夜は後ろのソファー席でゆっくりと、今夜はメンバーから二メートル足らずの至近距離で楽しみました。このような素晴らしい演奏を間近に見られるブルーノート東京に感謝です。三〇年前にはこんな状況は想像もできませんでした。

2007年1月24日「病後初手術！」

明日は、私が病気になってから初の手術執刀です。肩の腱板という筋肉が切れた方の再建術です。その方は以前から家族ぐるみで受診していました。肩が痛くて夜も寝られないということで急いで手術することにしました。病気になる以前の私なら、特にどうということはない日常的な手術ですが、喉頭摘出による言葉の問題やブランクで勘が悪くなっているかもしれないし、看護師とのコミュニケーションはどうかと心配の種は尽きませんが、あまり考えずに今日は早く寝ることにします。

2007年1月26日「手術無事終了しました」

一月二五日は私の恩師、元日本大学整形外科学教室主任教授だった佐野精司先生の六度目の命日でした。佐野先生は足と肩がご専門で、一緒に「足と靴」という本も出版しました。佐野先生のもうひとつの専門である肩の手術を今日、復帰手術として執刀しました。術前に十分いろいろな状況を想定してみましたが、まったく問題なく終わりました。

万が一の場合、私に代わって手術を完全に行うことができる佐藤医師を助手に頼みましたが、杞憂に終わりました。私は声を出すために喉のボタンを押さなくてはなりません。しかし、手術中にボタンを押すのは片手がふさがり時間のロスや無駄な動作が増えます。

そのため工夫してボタンを押さなくてもしゃべれる器具を自分で作りました。大きな声は出せませんが、なんとか機能してくれました。改良すれば十分使えそうです。来月は人工股関節の手術も予定されています。少しでも患者さんの役に立てるよう頑張ります。

2007年1月31日 「匂いを取り戻す！　一三カ月ぶりです」

私たちは特に意識することなく匂いを嗅いでいます。肺が拡張すると、空気は気道を通って鼻から吸い込まれます。鼻は匂いを嗅ぐ役割をしていて、臭神経という脳神経によって匂いを脳に伝えます。

私も一三カ月前までは同じでした。しかし、喉頭・咽頭全摘手術を受けてからは、空気は頸の前に開けた気管孔という孔から直接肺に吸い込まれます。吸い込んだ空気が鼻を通らないので匂いがしないのです。匂いがない世界はつまらないものです。手術直後は、カレー屋の前を通ってもカレーの匂いがしませんでした。今でもカレー屋さん?、少し感じることができる程度です。食べ物の匂いも鼻から嗅げなくては食欲も半減です。

海外の文献を見ていると、変な写真が目につきました。気管孔からチューブが出ており、それを口にくわえています。よく文献を読んでみると、これで匂いが嗅げるというのです！　早速チューブを加工して、同じようにくわえてみました。肺が拡張すると気管孔から空気が吸い込まれ、その空気はチューブから口を経由して鼻から吸い込まれます。一三カ月ぶりに新鮮な空気が鼻を通過していきました。刺激で頭がクラクラしましたが、鼻が匂いをたくさん感じるので感動しました。匂いなんて普段は当たり前のことと思い気づかず過ごしていても、失った機能は大きかったのです。しかし悔やんでも、悲しんでもいません。機能の欠落を楽しみながら克服していきます。

2007年2月6日 「楽しい会食」

昨夜は先輩医師・木内哲也先生と食事へ。木内先生は、私が日大の整形外科に入局した時の病棟グループ班長で、何から何までご指導いただき面倒を見ていただきました。また、公立阿伎留病院では一年間にわたって部長と医員としての関係で臨床指導を受けました。昨夜は元気になった私をごらんになり、抱きしめて涙を流されました。これほどの感動が病気にならずして味わえたでしょうか？　こんな感激と多幸感が病気によってもたらされたのです。病気にならなければ、ただ忙しい、感動のない日々を送っていたでしょう。今は、ただひたすら病気になったことに感謝しています。

2007年2月12日 「LPレコード」

最近、巷で見かけるHard-offというディスカウントショップがあります。永生病院の近くにも最近できました。そこでは、古いLPレコードも中古品として売っています。なんと、一枚三五〇円なのです。定価で二〇〇〇円以上するものから、二枚組で三〇〇〇円以上のものまで一組あたり三五〇円程度の値段で売られています。私が高校生のころはレコードが欲しくてたまらなかったけれど、当時は高価で思うように買うことができませんでした。そのため友達からレコードを借りたり、テープに録音してもらったり……あのころ何百回も聴いたレコードがたった数百円で手に入れられるのです。一九九〇年頃からはCDの台頭でレコードは聴かれなくなりました。かさばるし、音質も落ちる。なにより、スクラッチノイズという「プチプチ音」が入ってしまいます。しかし、なぜか暖かい音がするのです。昔の音源をCDで聴いても心動かされませんが、LPレコードで聴くと、当時の情景が浮かび上がって涙がほろり落ちそうになることがあります。私はレコードプレイヤーを大学生時代、月賦で購入しました。しかし三〇年近く経った今でも、私のオーディオシステムの一部として活躍しています。他のアンプやスピーカーは買い換えてしまいましたが、レコードプレイヤーを残したことは正しい選択であったと確信しています。当時の音そのままを聴かせてくれるからです。

2007年2月12日 「頸の治療」

一昨年末に咽頭・喉頭摘出術、頸部リンパ節郭清、空腸移植を受けた私の頸は動きが悪く、顎が重く、リンパの流れが悪くて顔が腫れています。これに対処するいくつかの治療も受けています。頸の動きの悪さ、筋肉の突っ張り、右の僧帽筋麻痺に関しては永生病院の理学療法士に、週二回治療してもらっています。なかなか上手にやってくれます。おかげで頸の動きがかなりよくなってきました。今では車の運転でもサイドミラーが見られるようになりました（今まで見てなかったんかい！）

顎と顔の腫れはリンパ郭清と術後の癒着によって起こりました。リンパマッサージの施術者を紹介していただき、昨年一二月から週に一回通っていますが、最近は頸の腫れもかなり引いて、シワも出てきました。頸の交感神経節を切除しているために起立性低血圧になっていました。つまり、急に立ち上がると目眩がして倒れてしまうのです。何度か倒れましたが、一番ひどかったのは自宅三階から階段を転落し、気がついた時には二階の踊り場でした。頭が下で、足が上でした。幸い大事にいたりませんでしたが、これはまずいと友人の循環器内科医・本江純子医師に内服薬治療の相談をしました。いろいろな薬を試した結果、いまでは二種類の薬の併用で立ち上がってもフラフラしなくなりました。

また、自律神経障害と甲状腺ホルモンの低下で、今までは暑がりだったのにひどく寒がりになってしまいました。手足が冷たく、痺れた感じがします。いろいろ細かい問題はありますが、全体的には元気です。なってしまった病気は仕方がない。起こった障害にひとつひとつ対処するだけです。

2007年2月22日 「人工股関節手術」

今日木曜日はＩさんの人工股関節の手術でした。Ｉさんは七〇代の女性ですが、次々といろいろなところが悪くなり（変形性膝関節症や肩の腱板断裂など）、今回で五回目の手術です。どこの部位の手術もうまくいき、痛みが取れて元気なおばあちゃんです。今回も万全の準備をして手術に臨みました。私の病後、もっとも大きな手術でしたが何の問題もなく、順調に終わりました。今回がＩさん最後の手術になればいいと思います。

その後、手術をもう一件行い、医局に帰る時に患者さん達に呼び止められました。私が人工膝関節手術を行った患者さん四人が集まって、病院ロビーで同窓会をしていました。みなさん痛みなく快適に過ごされているそうで、お礼の言葉を賜りました。やはり、私は手術で患者さんのお役に立っていくのが（自分にとっても患者さんにとっても）一番幸せのようです。

2007年3月19日 「モルディブ到着しました」

今までは旅行もせずに仕事ばかりしていました。旅行に行くといってもせいぜいがグァムやサイパン、韓国など安・近・短で満足していました。しかし、大きな病気をしてからは「生きているうちに見たいものは見よう」と各地を訪れています。今回は、はるかモルディブです。

一七日の朝成田を発ってマレーシアのクアラルンプールで乗り換え、モルディブ共和国の首都マーレに到着。夜遅く着いたため、マーレのホテルで一泊。翌朝、水上飛行機でモルディブのリゾート、メデュフシに着きました。確かに地上最後の楽園と言われるだけのことはあって、美しいことこの上ありません。暑くもなく寒くもなく、快適な気候です。命の洗濯をしてきます。命を流したりして……!?

2007年3月20日 「ここは地上の楽園である」

紺碧の海と澄んだ青い空、アクセントを添える白い雲。こんなに美しい場所を私は見たことがありませんでした。私の乏しい語彙では、ただ「美しい」としか表現のすべがありません。引き潮の時に安全な深さの海に入ってみました。リーフの中なので遠浅の海が何百キロも続いています。海の水はそのまま飲みたくなるほどの澄んだ美しさです。そのまま空に溶け込んでしまいそうになります。

2007年3月21日 「満天の星」

夜は満天の星です。真っ暗な空に穴を開けたように星が降り注ぎます。今は月も見えないようです。

2007年3月22日 「サンライズフィッシング」

昨夜、夕方五時三〇分に桟橋出航のサンライズフィッシングに出かけました。私は気管切開しているので、海に落ちると泳ぐ以前に気管、肺に水が入ってしまいます。自主的にライフジャケット着用で臨みました。べた凪の海で日没を眺めながらの釣りです。

この日は雲一つない快晴で太陽がそのまま水平線に沈んでいきました。太陽が海に沈む時に「ジュッ」と音がして、まわりの海の水が煮え立っているのが見えました。魚は入れ食い状態でしたが、私は小物ばかり三〜四尾。おまけに大物に三度も糸ごと持っていかれてしまいました。ふだん、釣り経験のない私には新鮮な体験でした。

船は大漁で、中国人カップルが大騒ぎしていました。まあ、中国人はどこでも大きな声でまわりを気にせずしゃべり続けるものですが。タイムオーバーで釣り糸をあげ、錨をあげて帰ろうとすると、船のエンジンがかからない!?　このまま漂流か……モルディブ人船長が携帯電話で連絡したら、漁民仲間が三〇分後にバッテリー持参で救援にきました。事なきを得ることができましたが、肝を冷やした小事件でした。

2007年3月24日
「永六輔」

楽しかったモルディブ滞在も終わりに近づき、明日一四時四〇分の水上飛行機で帰路につきます。モルディブ発のミクシィはここまで、後は東京で……。水中に長さ二メートルを優に超える大きなエイがいました。彼に名前を尋ねたところ「六輔」と答えました。

2007年3月27日
「帰路は大変だった」

モルディブから日本へはどう頑張っても片道一日半かかります。一七日の午後、水上機でメデュフシ・アイランドリゾートを出発、順調にモルディブの首都マーレ近くにある飛行場の島に到着。首都マーレに一ドル払って船でわたり、マーレのある島を駆け足で見て回りました。ここまではよかったのです。

モルディブからマレーシア航空でスリランカのコロンボ経由マレーシアのクアラルンプールに着き、飛行機を乗り換えて成田に二五日、日曜の夜に到着予定でした。ところが、経由地コロンボを出た飛行機は荷物室の出火アラームが点灯したため、コロンボに逆戻りしたのです。私はモルディブを出た時点で眠っていました。ずいぶん早くマレーシアに着いたと思ったら、コロンボに引き返していたのです。そこから九時間、ラウンジでずっと飛行機の点検が終わるのを待っていました。もちろん予定していたクアラルンプール発の飛行機には乗れず、成田に二六日朝に着く機に振り替えました。

しかし、私たちがコロンボを出た半日後には反政府武装勢力、LTTEがコロンボ空港に隣接する空軍基地を襲撃、政府軍兵士三名が亡くなり、一六名が負傷するというテロ事件があったそうです。コロンボ空港は大騒ぎになり、空港は閉鎖されたそうです。LTTEが一二時間早くテロを開始していれば、私の帰国はどうなっていたか。世界ではいろんなことが起きているのですね。まかり間違えば、私もコロンボ空港で爆死!、なんてことがあったかも。二六日朝、成田空港に疲れ切って無事到着。が、荷物出口で待てど暮らせど私の荷物が出てこず……。名前の書かれたプレートだけが出てきました。荷物はマーレから違う飛行機に載ってしまったとのこと。最終的には荷物は宅配便で自宅に届きました。

2007年3月31日 「さくらんぼの会」

私が同時期に手術した患者さん達が「さくらんぼの会」というグループを作っているそ

うで、今日は私の快気祝いの会をレストランで開いてくださいました。七〇歳代から八〇歳代の若さ溢れる美女に囲まれて幸せでした。でも、なんで「さくらんぼの会」なのでしょうか？　まさか「錯乱婆の会」と聞き間違えたわけではないですよね……（失礼！）

2007年4月12日　「醍醐桜」

私が生まれたのは岡山県の片田舎町。ぐるりと見渡せばまわりは三六〇度山また山。自宅の裏手を三〇〇メートル行けば、そこは太鼓山、その後方には勝山城があった城山。つまり、中国山地の山の中で生まれ、一五歳まで育ちました。

実家の近くに醍醐桜という有名な桜があります。後醍醐天皇が隠岐の島に流される途中に眺めたといわれる桜です。子供の時から存在は知っていましたが、訪れたことは一度あるかないか。しかし、この桜は宇野千代さんが日本一の桜だと言って讃えられています。

実家の母や弟に訊くと、今年は開花が例年より一〇日早く、もう散ってしまったということでした。東京の桜も早々に終わってしまいました。去年は、山梨や京都などあちこち桜の写真を撮りにいきました。去年は、「来年の桜は見られるだろうか。あと何回、桜を愛でることができるのだろう……」という切迫した思いがあったのでしょう。去年の春はまさしく生と死の間にいたのだと思います。一人で京都まで桜を見にいき、まったくしゃべれないのに筆談でタクシーに乗ったり……凄いことをしていました。

2007年4月12日 「お待たせしました！」

私が回復するまで痛い関節を抱えながら、じっと手術を待ち続けてくださった患者さんがいます。Iさんは両膝の人工関節、肩の腱板断裂、腰部脊柱管狭窄症、今回の人工股関節手術をくわえると、整形外科では五回目の手術です。二月二二日に手術を行い、経過良好で四月一五日の退院予定です。手術ばかりしているので親族からは「何かに祟られているのではないか？」と言われるそうです。しかし私から見れば「手術で治る病気ばかりで元気そのもの」です。

Tさんは板橋区在住、八七歳の女性です。この方も右、左の人工膝関節、左肩の人工関節、右肘の関節整形術を行い、今回は右肘の関節破壊による疼痛のため人工肘関節の手術をしました。私が行った関節手術は五カ所めです。完全にリピーターですね。この方も八七歳にはみえない元気な方で、関節以外はまったく悪いところがありません。

私の患者さんはリピーターが多い。また、親子孫や兄弟でかかられる方も多くいます。これは「医者冥利に尽きる」ことだと思います。こんな嬉しいことを体験できるのも医者になったからこそ。私は医者になり、そして自分が病気になって本当によかったと思っています。

2007年4月14日 「初診患者さん」

今日は、発病後初めて初診の患者さんを診ました。今までは発声に自信がなく、初診・予約外の患者さんはサポートの先生が診てくださったのです。「喉の病気で手術しているので声が聞き取りづらいかもしれません」とおわびしてから診察しました。患者さんは私の声を全然気にしているようには見えませんでした。まあ、「案ずるより産むが易し」ということだと思います。自分が気にしているほど、相手は気にしないのかも。

2007年5月2日 「肩こり、頸こり」

このところギターの練習ばかりしていて肩こり、頸こりがひどい。頸の筋肉を三分の一切除しているせいもあるだろう。中高大学生のころはギターコードもすぐに覚えたし、何度か弾けば頭の中にメロディーが入り込んで、すぐに弾けるようになった。しかし、五〇歳を目前にした今は何度でも間違える！　ここ二〇年間は医師の仕事が中心で、ギターの基礎練習などはまったくやってなかった。ライブでもコード進行が覚えられないため、譜面を見なくては演奏できない。手術は進行表を見なくてもスイスイできるのに。

一方で、咽頭・喉頭全摘する前より手術がすごく早くなった！　手術室の看護師さんや麻酔の先生方が驚く。以前はいらないことをしゃべりながら手術していたが、今はしゃべるにも頚の前のボタンを押さえる必要があるので、無駄なことはしゃべらない。精神も研ぎ澄まされる。その結果、手術は短時間で終わる。患者さんの負担も少なくて済む。でも、二〇年間で手術は上手くなったが、ギターがこんなに下手になっていたとは……。

2007年5月5日 「ギター購入症候群」

私は、次々に新しいギターが欲しくなってしまいます。一生かかっても弾ききれないほどのギターを持っています。自宅スペースは満杯になってトランクルームを借りて保管しています。これは明らかに異常です。病気になる前にも少しその傾向はありましたが、病気になってこの症状は明らかに増悪《ぞうあく》しています。あるブログで私のような人がたくさんいることが報告されていました。私のようなケースは「ギター購入症候群」というようです。一種の病気として定義されていました。あまりにも当たっているので大笑いしました。「ギター購入症候群」に罹った人が、必要でもない数のギターをローンやクレジットで必死に購入するのは、ギターコレクションが趣味でなく病気だからなのですね。世界中にたくさんの患者さんがいるようです。私の自宅地下室の壁四面すべてにＰＲＳギターが三十数本飾られています。悲しいことにギター購入症候群の治療法だけは、そのブログに書かれてありませんでした。

2007年5月30日「お薬飲まなきゃ！」

私は朝一二錠、夜九錠の薬を内服している。毎月、四週間分の薬と外出用の薬をセットする。一日二一錠、一月六三〇錠、一年で七六六五錠も飲むことになる。飲みたくなくてもこんなに飲まなくてはならない。甲状腺も副甲状腺も迷走神経も副神経も星状神経節も摘出した私には、生きていくために必要な薬なのだ。この薬がなければ、甲状腺ホルモンが分泌されない私は元気がなく、浮腫になり、血中カルシウム濃度が下がり、起立性低血圧で時々倒れ、唾液が出ず口内炎になり、コレステロールが上昇し……生きていくのも難しい。

私は病気で死ぬのはぜんぜん怖くない。死ぬ時には、今までの人生はとっても幸せだったと思って死んでいくだろう。人間の死亡率は一〇〇％だ。全員遅かれ早かれ絶対に死ぬ！　今まで死ななかった人は一人もいない。私は今回の病気で三〇回の放射線治療と二回の抗ガン剤治療で、一回は死んだも同じような経験をしたからなおさらだ。でも、私は心を裸にして耐えた。心が裸になれば力が湧いた。怖いものなどない。

生まれた時も裸、死ぬ時も裸、死にたくなったら裸になればいい。名誉を捨て、地位を捨て、しがらみを捨て、裸になればなにも怖くない。

2007年6月8日 「人工肩関節手術」

今日は、八〇歳の変形性肩関節症の女性の手術だった。人工肩関節の手術は久しぶりだったので、前もって手術のＤＶＤを見て、手術手技書を読み、参考になるテキストを何冊か斜め読みし、頭の中でシミュレーションを何度もして手術に臨んだ。助手は佐藤賢治医師だ。術前の予測では九〇〜一二〇分くらいかかる手術内容だった。しかし、実際は人工関節を入れるまでに四〇分、丁寧に、ごく丁寧に時間をゆっくりかけて関節や筋肉を縫ったが、包帯を巻き終わって時計を見たら手術時間は五九分だった。術後のレントゲンもいい感じだ。

癌で喉頭を摘出してからというもの、手術が早くなった。決して手抜きで早いのではない。手術が終わったあとの一服もできなくなった結果、健康にもいい。少なくとも、私にとっては喉を取ってしまった方が万事につけ良かったみたいだ。

2007年6月15日 「王子飛鳥山の紫陽花」

去年の今頃は抗ガン剤治療二回を終え、体がだるくて三回目の抗ガン剤治療を敵前逃亡していた時期です。今年は金色の頭髪も生えたし、昨年よりは体も心も元気です。昨年六月二八日の日記では頭髪もなく、眉毛も薄く、髭も全部抜けて、今から見ると辛そうです。昨年はそれなりに元気だと思っていたのですが、飛鳥山（小高い丘状）を登るにも息切れしたことを思い出しました。

2007年6月16日 「六本木Rock Factoryに出演しました」

永生病院西村医師がメンバーとして参加する〃ウェスト・ヴィレッジ〃というエリック・クラプトンのコピーバンドにゲスト参加です。全一四曲中、八曲に参加しました。「Have you ever loved a woman」や「Little Wing」「White Room」「Sunshine of your love」など、私にとっては三三年前から演奏し続けている曲でした。「White Room」「Sunshine of your love」は、高校の文化祭でなんと一八歳の時に初めて演奏しました。

若いころの音楽仲間でも途中で音楽から離れていった人がたくさんいましたが、私は音楽を続けていてよかったと思いました。音楽に命を助けられました。みなさんの励ましと音楽、特にギターがなければ、こんなに明るく病気に立ち向かうことはできなかったかもしれません。私のゲスト演奏を聴くためにお越し頂いた「とむちゃん」さん「パラレル97」ご夫妻、「エコ」さん（年齢順）、みなさんにお礼申し上げます。何かこれで一区切りついた気がしました。

2007年6月19日 「シックinブルーノート東京」

シックは七〇年代後半に登場、八〇年代にかけて大活躍したファンクバンドである。シックの曲は、私が岡山のど田舎から神奈川県のど田舎の大学に入学したころに六本木、新宿のディスコ（昔は新宿にも結構ディスコがあった!?）で連日連夜、一晩に数百回から数千回は流れていたろう。

そのころハードロック少年から青年医学生に移行しようとしていた私は、ディスコミュージックが大嫌いであった。今なら笑えるが、ディスコで踊っている人たち全員が同じ方向を向いて、曲ごとに同じ振り付けで踊っていたのだ。別の店でも同じ振り付けである。土曜の夜には若者たちはサタデーナイトフィーバーの影響で白いスーツを着て、シャツの胸をはだけ、夜の街へ踊りに繰り出すのだ。アフロヘアーもたくさんいたなぁ。夜の新宿は、お揃いの長ランを着た暴走族達が周囲を威圧しながら行進していたのを覚えている。昭和五〇年代前半のことである。私？　私は長髪であった。

その夜のブルーノート東京は、いつもと違って若い人たちが多かった。ホール後方にナイルが現れるだけで大歓声が沸き起こった。ホールのほとんどの客が立ち上がった。ブルーノートでは滅多にない光景だ。いつもよりかなり大きめのベース音がスピーカーから響く。店も効果を考えている。今夜はダンスナイトだ！　私も立ち上がる。曲は、「Ｄａｎｃｅ、Ｄａｎｃｅ、Ｄａｎｃｅ」。瞬間、七〇年代終わりにワープした。

昔は軽薄だと思っていたナイルのギターは金属的な素晴らしいカッティング音を響かせ、タイトなリズムセクションに支えられ、煌びやかなホーンセクションに彩られながら三人の（巨乳！）美女が麗しくもダンサブルなボーカルを歌い上げる。ナイルのギターはでしゃばることもなく、しかしシックの音楽に必要欠くべからざる要素となっている。

あるとないとで曲に与えるイメージがまったく違うであろうナイルのバッキング……素晴らしい！　私は、七〇年代終わりから八〇年代の前半を大損していた。こんな素晴らしい音楽を嫌っていたとは……ステージアクトを知り尽くした彼等は、数百人しか入らないと思われる小さなホールでわれわれ全員を存分に楽しませ、笑わせ、そのうえ音楽で泣かせてくれた。二回のアンコールに答えてくれたステージが終わった後、ＣＤにサインをもらい握手して頂いた。一人ひとりにサイン、握手、記念撮影にまで応じるナイル・ロジャースに改めて敬意を表したい。

2007年6月22日「手術を受けて一年半です」

下咽頭ガンの手術を受けたのが平成一七年一二月二二日なので、今日で術後一年半になります。みなさんの応援と励ましのおかげで元気に回復しました。病気になったことを悔やむこともなく、悲しむこともなく、楽しく病気と闘うことができました。声帯を摘出したため、声のでなかった八カ月間、多少不自由はありましたが筆談と電気喉頭で何とかコミュニケーションがとれました。

障害を持つことが勉強になったとも思います。気管－食道シャント手術を受けてからは発声が可能になり、術後一年経たずに仕事に戻ることもできました。ガンの診断をしてくれた東海大八王子病院の医師達も私の復帰の早さにビックリしたそうです。残りの人生がいくらあるかはわかりませんが、仕事で誰かのお役に立てるようにしたいと思います。

昨日は一年半ぶりに腰椎の手術執刀でした。患者さんは麻酔が覚めた手術直後から「足と腰が軽くなった」と喜んでいました。医者冥利に尽きます。

2007年7月2日「プロヴォックス患者交流会@がん研有明病院」

六月三〇日、がん研有明病院で「第二回プロヴォックス患者交流会」が開かれました。

プロヴォックスというのは、喉頭を摘出して声を失った患者さんが気管支と食道の間に穴を開け、そこに小さな機械を入れて食道で発声するシステムです。まだ、日本ではあまり知られていないのと、食道発声の会の力が強いためなかなか広く受け入れられていません。しかし、プロヴォックスのおかげで私は術後一年経たずに仕事に復帰できました。プロヴォックスがなければ発声が十分でなく、まだ職場復帰は無理だったと思いますし、みなさんと声でのコミュニケーションは取れていなかったと思います。

私も土田さんという先輩患者に出会わなければ、この手術を受けていなかったかもしれません。日本で一番プロヴォックス手術症例の多いがん研有明病院・福島医師にも出会わなかったかもしれません。会の音頭をとられた土田さんを始め、約二〇人の患者さんやご家族、福島医師、業者の方や取材の医療ジャーナリストの方々で盛会でした。最初に自己紹介を兼ねた近況報告をしましたが、うぬぼれでなく私の声はかなり明瞭で聞きやすかったと思います。高齢の患者さんが多い中で、たぶん私が一番若かったのではないかな。プロヴォックスを広めるためのビデオを作るということで、私への出演依頼がありました。医師として喉頭摘出を受けて復職している姿を見せたいという意向でした。もちろん即刻了承しました。プロヴォックスを取材するジャーナリストの方にもインタヴューを受けました。

2007年7月3日
「頸部・胸部造影CTで転移・再発なし」

今朝は朝早くからがん研有明病院まで、術後一年半の定期検査／頸部・胸部、造影CT検査と結果の説明を受けに行ってきました。結果は局所再発、肺転移ともにありませんでした（ホッ！）。いつもながらヒヤヒヤします。転移も再発も怖くないし、死ぬこと自体まったく怖くありませんが（どうせみんな死ぬのだから）、学生時代の試験結果の発表を聞くような気持ちで、また綱渡りの綱を一本なんとか渡りきったような気持ちでした。これが五年間続くのです。二〇日にPETで全身検索してくれるそうで、本当にがん研有明病院は素晴らしい病院だと思います。日本の一流病院はこういうものなのだと思います。病院からの帰り道は、気分爽快に有明から勝ち鬨橋へ向かいました。梅雨空でしたが私の心は晴天で、エイエイオー！、と勝ち鬨を上げながら勝ち鬨橋を渡りました。

造影CTのため朝から禁食でした。今までで一番美味いと感じるものを食べたいと思い、以前よく行った駒形の『蕎上人《そばしょうにん》』で冷やし鴨南蛮蕎麦を食べました。病気になる前は世の中で一番美味い蕎麦だと思っていましたが、放射線や抗ガン剤治療の副作用で悲しいことに今は味覚が低下していて旨さがよくわかりませんでした。

2007年7月11日 「四万六千日」

浅草寺のほおずき市は毎年七月九、一〇日に行われます。この期間に浅草寺にお参りすると四万六千日分の御利益があるということで「四万六千日」といわれるそうです。

今年も御利益を得に浅草寺に出かけてきました。昨年は「転移・再発がおきませんように」とお祈りしました。少なくとも今年までは観音様が願いを叶えてくださっています。昨年はまだ顔が浮腫でむくんでいました。みなさんのお力でガン細胞もタジタジだと思います。ほんとうにありがとうございます。

2007年7月26日 「五〇歳になりました」

今日で五〇歳になりました。皆さまお祝いありがとうございました。心より感謝します。私は、四八歳四カ月で下咽頭ガンが見つかり、人生が変わりました。未治療ならば今はこの世にいなかったでしょう。しかし、ガンになってよかったと思いながら五〇歳を迎えられる歓びを、みなさんにお伝えしたいと思います。

ガンになって良かったこと悪かったこと

●良かったこと

①自分をゆっくり見つめ直せた。自分の時間ができた。自分のために目的を持って命を使おうと考えるようになった。
②みなさんが自分のことをどんなにか心配していてくれたことがよく分かった。患者さんが私を待っていてくれた。
③友達とゆっくり交流ができるようになった、また、新しい友達もできた。
④タバコを物理的に吸えなくなって、脳梗塞、心筋梗塞のリスクが減った。
⑤過食しなくなり血液検査のデータが改善した。
⑥ずいぶん痩せて、スマートになった。
⑦ギターの練習ができて上手くなった。
⑧喉頭摘出術により生命保険金が生前給付された。
⑨身体障害者割引きで電車やタクシーに乗れ、公共機関に安く入れる。ＥＴＣ使用で高速料金は半額、自動車税、自動車取得税の減税が受けられる。
⑩障害者年金、区の障害者手当がもらえるようになった。所得税も障害者控除が受けられる。
⑪生命保険付住宅ローンによって、自宅その他のローンが全て精算された。

●悪かったこと

①声帯を失って声が出なくなった。再び手に入れた声はダミ声で移植空腸の蠕動《ぜんどう》で時々声が詰まる。歌はうまく歌えない。

②気管切開しているため、もう二度と泳げない。水の中に落ちたら溺れる。風呂も胸までしか入れない。シャワーも注意が必要。

③頸が突っ張り、痛い。頸の動きが悪くなった。

④食べ物の飲み込みが悪くなった。食べ物が時々詰まる。

⑤味覚が低下した。甘味はだいぶ戻ったが、薄味はわかりづらい。

⑥嗅覚がほとんどなくなった。鼻呼吸できないため、鼻もかめない。

⑦永久気管孔の痰の処置やケアが必要。

⑧自律神経障害、迷走神経障害によって立ち上がると目眩がしたり、倒れそうになったり、急に冷や汗が出たりする。

以上のように、自分の半世紀の区切りにまとめてみました。結果は、やはりガンになって良かったということでした。

2007年7月30日　「人に追い越される人生を選ぶも良しとする」

今まで五〇年間、必死で人に追い越されないように生きてきた。親にも人生は戦いだと教えられた。そして、自分の中でもつねに人生は戦いだと思い込んでいた。一〇代のころから人を出し抜いたり、はめたり、駆け引きをしたり、落とし穴を掘ったこともある。逆に、人の掘った落とし穴に落ちたことだって何度もある。自分が掘った穴に落ちたことすらあるかもしれない。それは四八歳まで続いた。

やめた。もうやめた、人と競うのは。人にはその人にしかない個性がある。また才能もある。それは重さで計れないし、長さでも測れない。人の不具合や不幸の上に成り立った幸せなどもう欲しくはない。そんなことですら今までわからなかったのか！

今夜電車に乗った。準急である。その列車は、後から来る急行に追い越される。急行は目的地に僅かに早く到着する。車掌は何度もお急ぎの方はお乗り換えくださいと車内放送していた。今までの自分であれば一〇〇％急行に乗り換えていただろう。たとえ座席に座ることができなくても、数分早く到着することで満足を得ていただろう。しかし、今夜は乗り換えなかった。急行に乗り換えた人たちに追い越されてみたいと思った。そこから、今後の私の生き方が始まる気がした。

2007年7月31日 「唐川千晶さんさようなら」

今日は友達の唐川千晶さんの告別式に行ってきました。二〇〇五年の一〇月に進行した子宮ガンが発見されました。ちょうど私のガンが見つかったのと同じ頃です。いろいろな治療を受け余命は延びましたが、二八日にお兄さんとお母さんに見守られながら四六歳で逝きました。昨年の四月には、一緒に樹齢二〇〇〇年の山高神代桜を見て、ガンに効くという温泉に浸かってきました。

人は一度生まれて、必ず一度死にます。死なない人はいません。ですから私は今日、少しも悲しくありませんでした。「闘病生活ご苦労様。また、あっちで会いましょう」とこの世での別れを告げました。私の病気が進行したら、生きているうちに「生前葬」をして、みなさんにお礼とお別れを言えればと思っています。努力や根性でどうすることもできない病気の進行ともう戦う気はありませんし、病気の進行も死ぬことも怖くありません。女性の方にお願いです。乳ガンと子宮ガンの検診は必ず受けてください。どうかお願いします。

2007年8月15日　「赤木が帰ってきた」

高校の同窓会司会者の坂本ウマジ君に「赤木が帰ってきてくれた」と紹介され、促されて参加者全員の前で壇上にのぼり、挨拶をさせて頂きました。一年八カ月前にガンが見つかり、手術やさまざまな治療を受けたこと、みんなのおかげで感謝の気持ちを持って生きていられることなど、話させていただきました。ワイワイガヤガヤの会場もシーンとなり、みなさん私の話を真剣に聞いてくださいました。当時英語を担当していた先生は、挨拶の後で私の手を取り涙をポトポトこぼされました。

同窓会を開いてくれた幹事の人たちを始め、みなさんに感謝感謝の集いでした。本当に行ってよかったと心から思っています。

2007年8月20日

「J-WAVE LIVE中央・一番前の席」

今日はJ-WAVE LIVE 2007横浜アリーナに行ってきました。チケットナンバーからいい席だろうとは思っていましたが、一番前でした。普通にチケットを購入して、一番前だったのは初めてのことです。それも、ステージのど真ん中でした。一番前の席なので、テレビカメラや写真撮影のカメラマンがステージの間を動き回っています。ステージのすぐ前にレールが引いてあり、トロッコに乗ったテレビカメラマンが移動しながら撮影しています。そのトロッコを、右に左に手押しでずっと動かし続けている人がいます。カメラから出たケーブルを手繰ったり、伸ばしたりし続ける人もいます。立って撮影しているカメラマンのケーブルを扱う人も各々ひとり宛ています。スチル写真を撮影するカメラマンにも、助手が数台のカメラを持って、そのとき要求されたカメラを手渡しながら一緒についていました。

ケーブルを手繰るだけの仕事もビデオ撮影に必要な仕事です。ビデオの画像は左右の大きなスクリーンに映し出されて、後ろのお客さん達にも出演者がよく見えます。今では大きなコンサートに左右の大スクリーンは必須です。客席の前には柵があります。その柵を、客席に向いてコンサートの間約六時間もずっと持ち続けるスタッフがいました。

ステージ上で輝いていた七組のアーティスト達。素晴らしいパフォーマンスを見せてくれました。彼等のコンサートは、バンドのメンバーはもとより、数百人以上のスタッフのサポートにより運営されていたのです。誰か一人が欠けても、コンサートに支障が出たかもしれません。LIVEに関わるすべての人が力を合わせてコンサートに臨んでいました。

私の病院での仕事は、コンサートでいえばチケットの出演者欄に名前が出るスター扱いでした。カリスマドクターとおだてられ、いい気になって外来、病棟、手術と分不相応な仕事を綱渡りの綱を渡るようにこなしていました。しかし、病院には私の仕事を支えてくれる数多くの人がいて、その上に私の仕事が成り立っていたのです。コンサートでビデオカメラのケーブルを手繰ったり伸ばしたり、単純作業を黙々と行う人がいるように。手術した患者さんの下の世話をしたり、体を拭いたり、風呂に入れたり、傷の処置をしたり……目立たなくても重要な仕事が多々あります。

今後、私の仕事スタイルは実力以上の仕事を無理矢理こなすのではなく、患者さんを支えてくれている多くの医療スタッフがプロとして、自信と誇りを持って仕事できるような環境を実現することに力を注ぎたい。今日のコンサートを観ていて、そんなことを切に思いました。

2007年9月25日　「プロヴォックスについて」

私は喉頭を摘出して声を一度失いました。一〇年前なら「食道発声」といって、腹式呼吸で食道に空気を採り入れ、ゲップの要領で声を出す方法しかありませんでした。今も多くの喉頭摘出患者さんは、この方法を何年もかけて習得するために努力しています。しかし、この発声法が習得できるのはたかだか三〇%の方だけです。また習得された方にしても、発声が明瞭でなく、実用的に問題を抱える方もおられるのです。

器用な私は当初から少しの発声はできましたが、数年かかるといわれるトレーニングに耐えきれず、食道と気管を繋ぎ、間に人工喉頭を入れる手術を受けました。しかし、この手術はがん研有明病院でもまだ二〇人しか受けておらず、日本全国でも経験者が二〇〇人に満たないのです。プロヴォックス販売業者の方が、この手術法の啓蒙ビデオを作りたいということで相談に見えました。私はこの手術の良さを、発声ができなくて困っている喉頭摘出患者さんに知って欲しく思い、出演を快諾しました。制作したビデオはユーチューブにアップしたそうです。よろしければご覧ください。喉頭のない、食道で声を出している私の肉声が聞けます。

2007年10月5日 「胸部造影CT、肺転移なし！」

今日、がん研有明病院で胸部造影CTと川端先生による咽頭・上部食道のファイバースコープ検査を受けてきました。肺に転移はなく、再建咽頭も問題ありませんでした。川端先生の診察でも、今後絶対転移がないとは言えないが、再発する人はたいてい一年ぐらいで再発・転移がある、とのことでした。私は術後一年一〇カ月になります。やっと少しは安心できるかな。死が恐ろしいわけではないのですが、ステージⅣでは、やはりある程度、覚悟は決めないといけません。

今年の終わりで二年、そろそろ仕事を少し増やしていこうかと思います。今までは、仕事を再開したはいいが再発・転移で再び仕事を休んでは迷惑がかかると思い、仕事をセーブしていました。ただ声がこのような声ですから病前通りとはいきませんが、可能な限りやってみるつもりです。私が誰かのお役に立てるとしたら、外来診療で的確な診断を行ったり、整形外科の手術をすることだと思うのです。

病気になる前の私はアクセルを踏むだけの、ブレーキのない自動車でした。でも、ガンが私の体にブレーキ（効きは悪いかもしれませんが）を作ってくれました。スピードを緩めることも、止まることもできるようになりましたからご安心ください。

2007年11月7日 「象の背中&墓参り」

「象の背中」のストーリーは、四八歳の会社部長が末期ガンの宣告を受けるも治療を施さず、そのまま家族（奥さん、息子、娘）に見守られて死んでいくという、私から見れば〝消極的自殺映画〟でした。家族に見守られて……いるくせに愛人がいて、ホスピスに愛人が見舞いに来ると奥さんはその間席を外す……ふざけんな！、という秋元康・原作の映画化でした。どこかにモデルがいたのでしょうね。しかし、映画館の観客はみなハンカチで目を拭っていましたよ!?　みんな泣きに来ているんじゃないの？　涙が一滴も出ない私は人非人でしょうか。あきれて途中でトイレに立ってしまいました。

五日は三二歳で突然亡くなった同僚の歯科医師・西田哲也君の五年目の命日でした。弟のように思っていました。お墓に詣でて花を手向けてきました。彼は歯科医師らしく、昼食後まめに歯磨きしていました。優しく、長い時間をかけて歯を磨いていました。私は強く短い時間で歯を磨き、すぐに仕事に飛んでいきました。「強く磨くと歳とってから歯の間がすり減って隙間ができちゃうんですよね」と常々言ってました。哲ちゃん！　歯の間がすり減って隙間ができるまで生きなきゃダメじゃないか。私の歯は隙間ができています。

2007年11月16日　「気管－食道シャント」

私は下咽頭ガンで声帯を摘出しているために普通なら声は出ません。しかし、気管－食道シャントという手術を受けて何とか会話ができるくらいに声が出るようになりました。シャント術を受けても出てくる声は低く、しゃがれ声で、一番の問題は大きな声が出せないことです（これでも日本でこの手術を受けた約二〇〇人の中ではよく声が出ている方ですが）。外来では、耳の少し遠い患者さんには看護師さんが大きな声でサポートしてくれていました。整形外科手術では、手術中マスクを二重にするため、助手の先生や介助の看護師さんは指示を聞き取りづらかったと思います。しかし、一番の問題は騒がしい場所では会話が難しいのです。飲み会や居酒屋では、自分の声が他の人に聞き取りづらく、私は知らず知らずのうちに聞き役になっていました。

しかし、私はへこたれません。新兵器を手に入れました。それはヘッドセット型のマイクと八センチ角の小さなアンプ付きスピーカーです。先輩患者土田さんに教えてもらい、秋葉原に行って八八〇〇円で買ってきました。これを使えば、小さな声も大きく増幅することが出来ます。外来でも無理に大きな声を出そうと力まなくてもいいのです。スピーカーは白衣のポケットに入れれば目立ちません。手術中も意思が伝えやすく、二度言わなくても良くなりました。手術中はスピーカーをストラップで首からかけています。病棟の騒がしいところで処置中、患者さんのすぐそばに寄らなくても話が通じます。

2007年11月25日 「モンスターペイシェント」

最近は病院を受診する患者さんの中に、被害者意識を持っている人が結構います。それは学校でも塾でもお店でもどこにでもいると思います。みなさんにも経験があると思います。どんどんそういう世の中になっている気がしてなりません。「某病院に行ってたけれどヤブでぜんぜん治らない」とか……外来で聞こえよがしに言ったり。手術が中止になったら、手術に合わせて仕事を休んだ娘の休業補償を出せとか、入院費用を払わないとかいろんな話があります。転院することになったら、今までの治療が悪くて転院するんだから転院先病院の入院費を出せ、などと言い募り、もう、普通の神経ではありません。

私は幸いにしてそのような患者さんにほとんど当たりません。少しでもそのような匂いのする患者さんに当たった時には毅然として「なった病気はどんな医者でも一〇〇%治せるのですか?」と訊きます。「残念ながら私の実力ではあなたの病気を治せそうにありませんから、他の先生におかかりください」と言います。人は一回生まれて一回死ぬ。その間に病気になったところで、病気になったことに愚痴をいうのでなく、病気を克服し、治った歓びを生きる糧にしている人も（自分を含め）たくさんいます。治らなくてもそれが老化だ、人生だとわかってくださる方が多いのです。

一方で、そういうことのわからない患者さんに捕まる医師を見かけると自分まで辛くなります。私たち医師は患者さんの中に潜む病気を疑っても、人そのものを疑いません。人を疑うのが仕事という刑事ではないのですから。モンスターペイシェントを普段どおりに診察していてはまったり、はめられたりする医師もいます。病院に怒鳴り込んだり、病院前でシュプレヒコールを行ったりするモンスターペイシェントがいます。

2007年12月20日

「私は〝奇跡の人〟かっ？？？」

今日は、がん研有明病院に放射線科と化学療法科の定期検診です。血液検査を済ませ、放射線治療科の医師の診察を受けました。「放射線治療が終わって一年九カ月、もう命は大丈夫という可能性が高くなりましたね。先生はホントに奇跡の人ですね」って、私が生きているのは奇跡か？　彼としては祝福の言葉のつもりだったのだろうが。

確かにステージⅣで五年生存率は三〇％以下、リンパ節にも七個転移があったら予後は悪くて当然だろうが……。私も医師ではあるものの、彼の言葉は心臓に突き刺さりました。彼等は日々ガンと闘い、救えなかった人の〝死〟を毎日目の当たりにしているから出た言葉なんでしょう。今まで治療を受けてきた二年間の中で、今日、一番自分の〝死〟を身近に感じてしまいました。大きな橋を渡っていると思っていたのだけれど、振り返ってみると実際に渡っていたのは細いロープの上だったのです。

2007年12月22日 「手術後二年記念！」

二〇〇五年（平成一七年）一二月二二日に咽頭・喉頭全摘出術、広範囲頸部リンパ節廓清術、空腸移植術という大手術を手術時間一六時間という長い時間をかけて受けました。

術後の死にそうなほどの頸と腹の痛みも、ICU症候群による恐ろしい幻覚も、声を失い筆談していた不便さも、空腸の移植で食物の飲み込みが上手くいかなかったことも、血圧が下がって何度も倒れたことも、放射線で味覚が無くなってしまったことも、抗ガン剤治療で口内炎ができて口の中が潰瘍《かいよう》だらけだったことも、激しく嘔吐したり起き上がることすらできなかったことも、副神経麻痺で右肩が動かなくなったことも、星状神経節の摘出で右目の瞼が垂れ下がって眼瞼下垂になったことも、永久気管孔で気管切開になり永久に泳げなくなったことも、風呂で溺れることも、頸部の手術による癒着と胸鎖乳突筋麻痺で首の動きが悪くなったことも……この二年間、みなさんの励ましと応援ですべて克服しました。明日から栄光の三年目です。

SESSION Ⅲ

立志時代

(Ambitious Boy)

叔母の影響で医学志望へ

医学を志したのは一にも二にも父のすぐ下の妹、つまり私の叔母の影響でした。私の実家はもともと江戸時代から長く伝わる商家でした。父や父の弟は家の事業を継ぎましたが、叔母は商家の長女ながら当時の言葉でいえば〝女だてらに〟医師を志し、医科大学を卒業して外科医になりました。私は小さいときから叔母に可愛がられ、叔母の仕事を身近に見て育ちました。三、四歳の時から叔母の家に泊まりにいき、夜中の緊急手術の時には待合室でお菓子を与えられ、それを食べながら手術が終わるのを待っていた記憶があります。「商売は仕事をした上に、『ありがとうございました』とこちらから頭を下げなくてはならない。でも、医者は仕事をしたら相手の方が『ありがとうございます』と頭を下げてくれる」。叔母はそんな風によく冗談交じりに言ってました。

親族の中で医師になったのは叔母一人だったので、祖父や父も一目置く特別な存在でした。叔母が実家に戻ってくるときは、家族みんなが大騒ぎして大喜びで出迎えたものです。病院から白衣のままタクシーに飛び乗ったのか、実家に着いたときに丸めた白衣を小脇に抱えていたり、身体からは消毒薬の匂いがほのかに漂っていました。頂き物と思われる高価なお菓子や果物をたくさん持ってきてくれたり、他の誰からも滅多に貰うことのないお小遣いをたくさん呉れたり、叔母は私にとって憧れの的でした。

小さな時から叔母の病院に遊びに行っていた私は、看護婦たちの「大きくなったらお医者さんになるの?」という問いかけに洗脳されていたのかもしれません。叔母は終生独身で、一二人の甥姪のなかで私を一番可愛がってくれました。小学生のころから学期末に通知表を貰ったらまず両親に見せて、そのすぐ後には叔母に見せにいくという習慣でした。私の兄弟も、他のいとこたちも誰もそんなことはしなかったのですが。

私が高校二年生のときに祖父が亡くなり、それをきっかけに父は私を独身で子供のいない叔母の養子にすると言い出しました。父の考えは、医学部進学を希望している私の決意を決定的なものにして、大きな目的に向かってひたむきに進ませること、加えて叔母の病院の跡継ぎ問題を考えたのだと思います。母は自分の腹を痛めた息子を養子に出すことにひどく苦しんだようです。しかしながら結局、叔母は私にとって第二の母、義母となったのです。紆余曲折を経ながら、私は医学部を卒業し医師国家試験に合格しますが、その時、私の両親はもとよりのこと、誰よりも一番喜んでくれたのはこの叔母だったと思います。

医者になれて良かった

本来なら、医学部卒業後は岡山の大学病院か基幹病院に入って研修医になることが、ゆくゆく叔母の病院で仕事をするにはもっとも理想的なコースだったのです。が、そのときが来ると私はなぜか東京の病院で研修することを望みました。より高度な医療技術の習得が可能になる、と当時は思っていたのです。叔母は、「いいよ、いいよ、何処で研修しようが。でも、行った先の研修病院で死にものぐるいでやりなさい」と許してくれました。

現在と違って、大学病院の研修医はほぼ無休・無給の見習い医師状態でしたから、叔母はそんな私の生活のことまで心配してくれていたものです。いつかは岡山の病院に戻らなくてはならないと心の中では思いながらも、東京での自分の場所がだんだんと確立されていくのが目に見えてわかりました。妻は東京生まれの東京育ち、それでも「いつかは岡山に戻らなくてはならない」と約束していたのですが、あろうことか私自身の「戻りたくない」という気持ちの方がどんどん膨らんで、故郷に戻ることを先延ばし先延ばしにしてしまいました。

そんな私だったのに、私が東京でマンション暮らしから一戸建てを建てるときも、叔母は快く祝ってくれました。頭のいい人でしたから、叔母もその頃には私が岡山に帰りたくないと思っていることを十分に気づいていたと思います。そして、そのことを責めるどころか「おまえは医者になって良かったと思うか?」と訊きます。私は「医者になれて良かったと思います。叔母さんのおかげです」と心から答えました。そうすると、叔母は「良かった。おまえは私の影響で医者になったけど、医者になんかなるんじゃなかった、と思われるのが一番怖かった」とほっとした様子で言ったのです。私は重ねて「叔母さんの影響で医者になって本当に良かったと思います」と、力をこめて繰り返していました。

UNPLUGGED Ⅲ

ネバギバ日記

(Never Give Up Diary)

「泣かない、愚痴らない、あきらめない」

2008年2月20日　「安馬関に呼ばれて」

知人を介して大相撲の安馬関に面会を求められ、会食しました。モンゴルにいる彼のいとこが脊髄損傷になり、回復の見込があるかどうか診て欲しいとのことです。よければ夏にモンゴルから日本に連れて来る、と真剣な依頼でした。病人を診てくれと頼まれるのは毎日のことですし、仕事ですから分け隔てなく拝見しています。それは有名力士の紹介でも、クリニックの患者さんの紹介でもまったく同じ条件で診ます。今回も、断る理由もなく快諾しました。

しかし、驚いたのは安馬関の真摯な態度です。若くしてその世界で名を成し、先場所は破竹の勢いで横綱白鵬を倒した二三歳の関取が、まったく若者らしく五〇歳の私を立てたことに驚きました。私のコップのビールがなくなるやいなや「失礼します」と言って注いでくれます。父親をどれだけ尊敬しているか、兄弟がどれだけ自慢か切々と話してくれます。日本の若者の多くが忘れたこと『礼儀』を彼はしっかりとわきまえていました。

話題を最近の大相撲界のヒール役、朝○龍関にもっていくと、「同じモンゴル出身だからということでなく、尊敬できる先輩です」と即答します。どれほど下位力士にも優しかったか実例を挙げて説明してくれました。私はそれまで朝○龍関は大嫌いでしたが、考えを改められる思いがしました。私は二三歳の安馬関から学ばされました。自分が二三歳の頃はもっともっと一〇〇倍以上も大馬鹿野郎でした。

2008年2月22日　「五年生存率三〇%以下!?」

病気になった最初の頃は、ハードルを越えるのが楽でした。五年生存率が三〇%以下と言われれば、いつ転移・再発して死んでもおかしくないわけですから、腹をくくっていました。しかし、二年が過ぎると人間には欲が出てきます。このまま生き残りたい、転移・再発はイヤだ、と。そうするとハードルは高くなります。難なく越えていた〝心のハードル〟が目の前にそびえます。

こうやって生き延びても、いつかは死ななければならないのにね。今まで死ななかった人はいないわけだから、つくづく人間は（私は？）欲深い。

2008年3月16日　「ハンバーグ食べまくり」

先日、私のマイミクであり手術患者さんでもあるエコさん、いとちゃん、とむちゃんに誘われて、四人で八王子みなみ野のハンバーグレストラン『平家の郷』で食事会を行いました。エコさんの二月の誕生日、とむちゃんの誕生日、ご主人が亡くなって落ち込んでいるいとちゃんを励ます、という企画でした。

私はもともとハンバーグが好きではないのです。その理由として、父から聞いた話ですが「ハンバーグは客が残した肉や野菜を刻んでこねて作っている」という嘘かホントかわからない昭和三〇年代の噂話があります。もう一つの理由は、昭和五〇年代に学生で金のなかった私の食生活があります。当時、世田谷太子堂の商店街で、一個一〇〇円のハンバーグを焼き、自炊のご飯とインスタント味噌汁を毎日毎日食べていました。一番手っ取り早く安くてお腹がふくれるからです。二〇代の私は「いつかこのハンバーグ生活から抜け出してやる！」と怒りの気持ちをこめてハンバーグを食べていました。

当時、医者の息子ばかりの同級生達は、街のグリルで一二〇〇円のハンバーグセットを何のためらいもなく食べていました。しかし、田舎から出てきた酒屋の息子である私に、毎食一二〇〇円の昼食は摂れませんでした。月に三万円、一日一〇〇〇円(電車賃、食費、光熱費込み、アパート代別）の下宿生活を思い出します。ハンバーグには金のなかった辛い思い出ばかりが残ります。

2008年4月1日　「桜の花」

昨年も一昨年も桜の花に特別な感情を持って眺めていた。「この桜を来年も生きて同じように見られるだろうか……」と。ところが今年は、そんなセンチメンタリズムもなしに桜を見ている。私もずいぶん強くなったものだ。

私は一年の中で三月の終わりから四月初めの季節がもっとも好きであった。少し肌寒い日や、ほのかに体を包む暖かい日、かつての私の少年時代、学校ではこの季節に学年が上がり、クラス替え、新しい友との出会い、仲のよかった友達とはクラスが分かれてしまった。高校生活が終わり、浪人生活のため京都へと旅立ち、大学の進路が決まり新しい土地に住み、大学生時代が終われば難関の医師国家試験を受けて就職が決まるのもこの季節だった。

なにか新しいことが始まる期待に毎年胸を膨らませていた、五〇歳前までは……。五〇歳近くになって春にも胸が膨らまなくなっていた。夢に胸が張り裂けそうに膨らむこともなくなっていた。そうか、一曲の歌であれば起承転結の結に入ったのだな。一曲の中で、エンディングはあっさりとすぐに終わるのか、ジャ〜ンと二〇年続くか、ジャジャジャジャ〜ンと三〇年続くかわからない。私の人生には、カウントを刻んでくれるドラマーもいない。でも、欲張らないで楽しく生きていこう！

2008年6月1日　「学会発表無事終了しました！」

今日は病後初の学会発表でした。東京国際フォーラムで今回の発表が終わるまでは大きな不安がありましたが、何とか上手くまとめることができました。少し時間オーバーしましたが、座長の先生も好意的でした。医師になってから病気になる前、声が普通に出ていた時には一〇〇回近く学会発表や講演をしていましたが、声帯を摘出してからは「もう学会発表はできないかな……」と思っていました。

しかし、『地頭と赤木は転んでもただでは起きない』とことわざにあるように(無いか!)、病気の経験をネタに『喉頭・咽頭全摘出術後に気管-食道シャント術を受けて』というタイトルで、日本医療機器学会で発表してきました。次回は三週間後に、日本言語聴覚学会で一時間の講演です。今日の一〇分の講演と違い一時間のロングランです。喉が無くても学会で講演できるところを、日本言語聴覚士学会のみなさんに見てもらおうと思います。

2008年6月7日 「診察料二一〇円なり」

今日はがん研有明病院の定期診察日でした。「放射線治療後二年三カ月、これはいけそうですよ!」と以前、癌から生き残った私を〝奇跡の人〟と言った(ヘレン・ケラーかっ!?)放射線科のN医師の診察でした。

彼は私の口腔内をくまなく視診して、虫歯がないか歯を叩いて診察し、舌を引き出して咽頭を観察し、そのうえ指で咽頭を探って触診、固いところ、再発がないか……それらの所見や味覚、唾液量などを問診し、すべてを電子カルテに記載して、同業の私が見ても実に丁寧な診察でしたが……私が支払ったのは三割負担でわずか二一〇円、実際病院が得る診察料は七〇〇円。日本の医療は崩壊するよね。ラーメン代より安い。自宅の巣鴨から病院のある国際展示場まで乗った片道の電車賃五七〇円より安い。三カ月ぶりに散髪したら四二〇〇円なり。今日一日使ったお金のうちで、医療費が一番安い。日本の医療は本当に滅びる。

2008年6月22日

「日本言語聴覚学会で講演しました」

栃木県宇都宮市で開かれた日本言語聴覚学会で講演しました。言語聴覚士（ST）というのは、脳梗塞や脳出血で言葉を失った人たちなど、言語に障害を持った人たちに言葉の訓練をするリハビリの療法士です。

ランチョンセミナーという、お昼時間の講演です。事前申し込みは、すべてSold outだったそうです。約四〇〇人（満席！）の前で「喉頭・咽頭全摘出術後に気管－食道シャント術を受けて」というタイトルで、どのように発声していったかを約一時間講演しました。要所要所で笑える部分を作り、一時間をしゃべりきりました。永生病院の同僚STや以前一緒に仕事していた人も聞きに来てくれました。そのうえ、私と同じく声を失った同病仲間が三人、東京から応援に来てくれたので百人力でした。病前には何度も専門分野の講演をしましたが、今回は今まででもっともたくさんの、そして長く暖かい拍手を会場のみなさんに頂きました。拍手が鳴り止まず、私はどれだけ感激し勇気づけられたかわかりません。

私も大きな病気で喉が無くなりいったんは声を失いましたが、病気をバネに立ち上がりました。講演準備にかなり長い時間を要しましたが、この方面でもお話をする自信がつきました。来年の「癌治療学会」や「耳鼻科学会」での講演オファーも来ています。これからも頑張ります。

2008年7月26日

「ありがとうございました」

今日で五一歳の誕生日を迎えることができました。二年半前に下咽頭ガンの手術を受け、声を失い苦しんでいましたが、何とか二年半生き延びることができました。これで一つハードルを越えたのではないか、という実感があります。昨夜は、みなさんに私の誕生日を祝って頂きました。こんなに自分の誕生日を祝ってもらったのは小学二年生の時以来です。みなさん、本当にありがとうございました。

生きながらえたこの命は今後〝困っている患者さんのため〟に使いたいと思います。私には私に課せられた使命があるような気がしてなりません。神様がいるとすれば、医師としての仕事をしろとおっしゃっているのかもしれません。

ガンになったことさえ私はプラスに考えています。普通はこんなことはあり得ないと思っています。ガンになって声帯を摘出し声を失い、そのことで幸せになったなどという論理は。これはすべて皆さんのおかげなのだと思います。私が手術を行った患者さんに、今度は大きな力で助けられています。頂いたお手紙、寄せ書きや千羽鶴、メールなどなど、すべてが力になりました。ありがとうございました。

2008年8月26日 「娘の水没死」

「娘の水没死で消防〝後手〟、県警〝不手際〟……母親が厳しく批判」（読売新聞8月25日）
大雨で道路が冠水し、携帯で助けを求めたのに、消防と警察が勘違いして別の場所に向かい、娘は溺死してしまった……。この事件は、消防も県警も業務上過失致死です。消防、警察ともに責任者を逮捕、拘留、送検しなくてはなりませんね、福島県立大野病院事件の無罪判決では落ち度のない産婦人科医師を逮捕、拘留し、裁判にかけたのですから。
福島の産婦人科事件で亡くなった産婦の父は、自分の娘がなぜ死んだのかを知りたいと、今でも言っています。簡単なことです。癒着胎盤で出血が大量に起こり死んだのです。人は血がたくさん出てしまえば死ぬのです。誰でも知っています。子供を産むことは、昔から命に関わる危険なことなのです。

実際に今の日本でも、年間二〇〇人以上が周産期に亡くなっています。明治期の周産期死亡率からいえば、産科医の努力で数十分の一に減っています。そのため、お産では死なないと勘違いし、お産はおめでたい行事になってしまいました。産婦の父親も、何度も説明を受けたことだと思います。ただ、自分の娘の死を受け入れられないだけなのです。納得できないのです。なぜ、自分の娘だけが……と。

病気になった時、人は〝なぜ私がこんな病気に……〟と思うでしょう。しかし、病気の軽い重い、早い遅いはあっても、人はみんな必ず病気になり、大なり小なり事故に遭うのです。人が生まれて死ななければ、地球は人で溢れます。この父親も娘の死を納得できないまま、やがて自分も死ぬのです。そのときに、「何で私は死ぬのか、説明を聞きたい」と言うでしょうか。悲しいかな、皆永遠に生き続けることはできません。人は生まれてきた時から死へのゴールを目指し、一日一日生きていくのです。ゴール自体は人によって異なりますし、時期も違います。しかし、見えないゴールに向かって、一日一日を全力で生きることこそが大切なのではないでしょうか。

若くして亡くなった人は可哀想……と言いますが、一方で短い人生の間に他の人よりいろいろなことを経験して、いろいろなことを考えて素晴らしい経験をして死んでいく人もいます。大学病院勤務時にそういう人たち、小児ガンの子供達を何人も見ました。私が本当に尊敬できる中学生や高校生がたくさんいました。小学生でもこんなことを考えているんだ、と驚かされたことが何度もありました。

「こんな病気無くしてやる」と言って、「だから医者になるぞ！」と夢を語った中学生、高校生がたくさんいました。しかし、ほとんどの小児ガンの患者さんは亡くなりました。しかし一人、大腿部から先を切断することによりガンから生還し、医師になった少年がいました。彼はみんなの力をもらって医師になるという夢を叶えました。一方、天命を全うして亡くなったといわれる人も、長く生きたことと、どんな人生を生きたかは別のことです。人の死を、みんなが納得できる死、納得できない死に分けることは出来ないのではないでしょうか。誰もが迎える死の時まで、一日一日を精一杯生きて頂きたい。そうすれば、どんな死に方でも満足して死んでいけるのではないでしょうか。

2008年9月9日 「父の法事、もう一二年……」

父が亡くなってもう丸一二年も経つのだ。一三回忌に実家の岡山に帰ってきた。飛行機で一泊の往復だ。私は、亡くなった父に対し、今でも心を許してはいない。本当に心打ち解けて話す前に、父は私が三九歳の時に死んでしまった。父は亡くなるまで私のことを認めてはいなかった。可哀想なことに、父の仕事をすべて継いだ弟は、そのときまだ三一歳だった。

私は生まれてから父に褒められたことは一度も記憶にない。「まだダメだ」「もっと出来る」と言われ続けた。私のすべてを否定され続けた。叱られたこと、殴られたことは数え切れない。せっかんは、幼い私の足を持って、体を逆さ吊りにして頭から川に浸けること。左利きの私が左手で箸を持つと、家族総出で私を押さえつけて左手に灸をいくつもすえた。私は褒められたかった。泣くほど褒められたかった。小学生になるとすぐ家中の掃除をして、父や祖父や叔父の靴を磨き、洗い物をして、洗濯で母を助け、酒屋だった実家の配達を手伝い、いい子でいようとした……しかし、どうしても父からは褒め言葉を貰えなかった。

今になって思うのは、父は私を大きな心で愛し、導き、期待していたのだろう。この歳になり、仕事で患者さんに褒められたり感謝されたりすると、嬉しくてもっともっと頑張ろうと思う。自分の身体などどうなってもいいくらいに頑張ってしまう。ただただ褒められると嬉しくて。しかし結局、父は私を一人前の男として認めることなく逝ってしまった。私はこれからも誰かに一人前の男として認めて貰うために、虚勢をはって自分の実力を誇示しながら生きていくのだろう。今はもうこの世にいない父に認めて欲しい、褒めて欲しいと思いながら。

2008年10月14日

「心の目」

〝健保だより〟の表紙に私が撮影した写真が採用されました。

〝健保だより〟冊子の写真は今現在の季節を表すので、実は写真自体は去年以前に撮影したものが採用されます。進行ガンに冒され、「来年もこの花がまた見られるだろうか……」と思いつつ、いろいろなところへ写真を撮りに歩きました。心の目が私に写真を撮らせました。

人というのは現金なものです。術後二年九カ月経つと、写真を撮りに出かける気が失せてしまいました。今はもう、心の目が閉じてしまいました。まだまだマラソンの折り返し地点を越えたばかりなのに、安心するには早いのに……。今日も天気がいいのに混雑と渋滞の行楽地に行く気がせず、お気に入りのギターと過ごす連休最終日でした。

2008年10月21日

「いい一日」

今日は北島康介選手、中村礼子選手の北京オリンピック祝勝会に行ってきました。四年前のアテネオリンピックの平泳ぎで、北島選手が二つの金メダルを獲得した時もお祝いに行きました。

この四年間、北島選手も苦しんで這い上がったのだと思います。私もこの三年間で大きな苦しみを味わいましたが、何とか這い上がることが出来ました。ひとえに励ましてくださった皆さまのおかげだと痛感しております。これからも苦しいことがあるかもしれませんが、もう私は余裕で乗り切ることが出来ます。朝から手術、外来診察、祝勝会といい一日でした。

2008年11月7日　「板橋の辻澤さん」

板橋の辻澤さんは、現在八八歳、もうすぐ八九歳。彼女はリウマチ性の関節炎で両膝の人工関節、左肩の人工関節、右肘の人工関節の手術を私が行いました。板橋から八王子に毎月電車で元気に通ってきます。

「先生と一緒のところを写真に撮りたい」とおっしゃるのでツーショット。私が「葬式の写真も一緒に撮ってあげるよ」と言って、彼女一人の写真を一枚。辻澤さん、あなたのこの元気さでは私の方が先に逝きそうです。

この日は遠く埼玉県の日高や台東区上野やいろいろなところから患者さんが来られま

す。「遠距離恋愛」ではなくて「遠距離外来」ですね。外来のロビーでは、私の患者さん達が「同窓会」をしているので騒がしくて大変です。自分に自信を持てる仕事があることを感謝しています。自分が教わったことやスキルを後輩に教えてから死にたいと思います。

2008年11月8日

「お知らせです」

一一月一五日から二四日までネパールからヒマラヤに行ってきます。友人が誘ってくれなかったら、まず自分からは一生行くことはなかったと思うので、行ってきます！　ヒマラヤに登るわけではなく、カトマンズからヘリコプターでヒマラヤ山麓四〇〇〇メートルまでひとっ飛びです。

2008年11月22日

「ヒマラヤ旅行記（その一）」

一一月一五日に成田空港を飛び立った私たちは、台北を経由してタイのバンコクに一泊。一六日の朝バンコクを飛び立ち、三時間三〇分のフライトでネパールの首都カトマンズに到着。そのまま国内線に乗り換えて、ネパール第二の都市ポカラに到着しました。ごみごみした古い街を走り、宿泊先の『フィッシュテイルロッジ』へ。このホテルは日本の現皇太子殿下や常陸宮様、イギリスのチャールズ皇太子も泊まったホテルです。皇太子や常陸宮は一六号室、チャールズは一七号室、私は二〇号室でした。

さて、一八日はポカラからカトマンズへ。一泊して一九日早朝六時にカトマンズを出発して、ヘリコプターでシャンポチェへ向かいました。私はヘリコプターに乗るのは初めてでしたが、怖くもなく快適でした。ヘリで約一時間かけて高度四〇〇〇メートルのシャンポチェに到着、三〇分間体を慣らしたあとホテルへ馬で移動しました。馬でよかった、徒歩なら途中で倒れていたと思います。当初の計画では徒歩の予定だったのです!?

ヘリポートからホテルまでのその道が怖い。道幅一メートルを馬に揺られ、右は千尋の谷……一生のうちで一番怖かった。喉の手術を受けるより怖かった。馬が一歩踏み外せば奈落の底です。ジェットコースターは一〇〇%ではないにしても、一応安全確認の上に成り立っています。ところが、私の命は馬に委ねられていました。ホテルに着いてお茶を飲み、部屋へ案内されました。たくさん写真を撮り、世界最高峰のエベレストに感動……最高の景色です。でも、なぜか動悸がする。体が重い、寒い、頭が痛い、めまいがする。何もしたくないし、昼飯も食べられない……ちょっと変でしたが、他の三人がはしゃいでいるので自分も大丈夫だろうと考えていたのです。このホテルでは時間ごとにパルスオキシメーターで血中酸素飽和度を測ってくれます。平地では健常人なら通常九三%以上ありますが、高地では七〇%以上で正常とのこと、私も最初は八〇%でした(私は平地では一〇〇%近くあります)。午後は体がだるく、ほとんどベッドで横になっていました。いい景色の時は後輩が呼びに来てくれます。

しかし、夕食後計測すると酸素飽和度五八%! 何じゃこりゃ〜、かつて経験したことのない酸素飽和度です。一気に具合が悪くなり酸素吸入を二時間受けました。落ち着いて寝入ると、夜中の三時に頭が割れそうな頭痛が……くも膜下出血か……いや高山病だろう。フロントに「さっ、酸素……」と電話すると三〇秒で持ってきてくれました。その三〇秒が長かった! 酸素を吸うと約一時間で頭痛は治まりました。その後も酸素を吸ったり止めたりで四八時間の滞在中九時間酸素を吸っていました。もちろん酸素は有料で、一時間二〇ドルでした。

四八時間中三〇時間以上はベッドで寝ていました。しかし、ベッドからは寝たままエベレストが真正面に見えるのです。嬉しいような悲しいような。他の三人は、はしゃぎまくって元気そのものです。景色は世界最高峰を目の当たりに見られて最高ですが、高山病で苦しんだ、こんなに長い四八時間はもうたくさんです。

エベレストから出発の朝、彼女は高貴な美しい姿で我々を見送ってくれました。世界最高峰、八八五〇メートルの山を一生のうちで見ることはもうないかもしれません。ローチェもエベレストの前に位置して、朝日に輝き我々を祝福してくれているようでした(してないか……笑)。向かって左のエベレストのピーク右手にあるのがローチェのピーク八五一六メートルです。周囲の名も知らない六〇〇〇～七〇〇〇メートルの山々も、朝日の中で凛として力強く聳えたっています。私は「しっかり生きろ」と励まされているような気になりました。さあ、迎えのヘリが谷から登ってきました。エベレストの山たちにお別れを告げなくてはなりません。帰りは途中のルクラで給油です。ルクラの飛行場は滑走路がすごく短く、山へ向かって急な坂になっています。こんな飛行場、私は見たことありませんでした。飛行機が十分止まれるだけの長さの滑走路を作れないために、滑走路を登り坂にしているのです。時々止まりきれない飛行機が山肌に激突するそうです。

私はネパールの首都カトマンズという街が、どうしても好きになれませんでした。混沌とした街は人であふれ、道路は人、人、人、そのうえ自転車、多くのバイク、トラクター、軽タクシー、乗り合いバス、ワンボックスカー、トラックで道路は飽和し、渋滞していきます。日本と同じく左側通行ですが、バイクや自動車が警笛を鳴らしながらどんどん追い越していきます。行く先は渋滞なのに、右の追い越し車線に突っ込んできます。秩序はありません。この国の車両はとにかくクラクションを鳴らします。「どけどけ！」と車もバイクも自転車まで警笛をピーピー鳴らして、うるさいことこの上もありません。道路状態も悪くでこぼこで、長時間の走行ではさすがの私も何十年ぶりに車酔いして、胃から苦いものがこみ上げてきました。盆地であるため大気は最悪の状態です。埃と排気ガスで呼吸をすることとさえ恐ろしくなります。ゴミが多く、空気が悪いため人はそこら中かまわず痰を吐いています。

「事故はないのですか？」と問うと、ガイドさんは「しょっちゅうあります」とこともなげ。電力は水力発電しかないので、計画的な停電も多く、時々街が真っ暗になります。そうすると、自家発電機の音と排気ガスの煙が街に充満してしまうのです。ただ、唯一の救いは「住んでいる人たちはとてもいい人たちだ」ということです。母の土産にパシュミナ（カシミアと同じ）カーディガンとセーターのセットを見繕っていました。私が「今日はルピーの持ち合わせがないのでやめとくよ」と言うと、店の親父は「じゃあ商品は今日持っていっていいよ。金は明日でいいから」という。身分証代わりにホテルのルームキーを見せて「このホテルのこの部屋だからチェックしておいてくれ」と言うと、「そんなのいいよ。明日お金を持ってきてくれればいいんだ」って……。こんなに相手を信じ切った商売があるでしょうか？　もちろん、店の親父とは初対面なのに。

二二日午前はバザールへ、午後は、夕陽と朝陽の名所というカトマンズの東三二キロの山、ナガルコット山頂へ向かいました。絶景です。往復四時間かかるし、ここでゆっくり一泊したかったです。眼の前に一二〇度くらいのパノラマでヒマラヤの山々が見えるのです。二二〇〇メートルの高地は風が強く寒かったけれど、なんとも荘厳な眺めでした。

今日二三日は、カトマンズから中継地タイのバンコクに移動です。これが国際空港かと思うような鄙びたカトマンズ空港をタイ航空の飛行機が飛び立つと、すぐ左手にヒマラヤ山脈が見えてきました。長く続く「地球の屋根」の山脈の中でひときわ高くエベレストが聳えていました。麓で目に焼き付けたエベレストの姿を、今や遠くからでも見誤ることはありません。エベレストの右にはローチェが大きな雲を湧き立たせていました。地球の起源にインド亜大陸とユーラシア大陸がぶつかって、海の底だったヒマラヤを世界最高峰の山脈へと押し上げた偉大な自然（造山活動）に敬服するしかありません。

約三時間でバンコク空港に着陸し、街に着いたら早速夕食です。タイといえば辛くてすっぱい「トムヤンクンスープ」です。ネパールの食事より一〇〇倍美味しく感じました。バンコクにも混沌はあるものの、整然として（東京ほどではないが）美しい街だと思います。カトマンズの街はまったく落ち着けませんでしたが、ここバンコクなら住めそうです。往路と同じフットマッサージの店へ。今回は二時間五〇〇バーツ（日本円で一五〇〇円、安っ）のコースを頼みました。ホテルに戻り、ゆるゆるになってこの文章を書いてます。

いよいよ、明日は五時起きで（今は午前二時）日本に帰ります。

2008年12月1日 「講演会のお知らせです」

早いもので今年ももう一二月になりました。私も手術を受けてもうすぐ三年になります。さて、講演会のお知らせです。一二月六日、一三時三〇分から、永生病院に隣接する老健施設〝イマジン〟二階で「病気とのつきあい方」というタイトルで、自分の疾病経験を含め約九〇分お話し致します。参加は無料ですので、ぜひ皆さまお越しください。

2008年12月8日 「今日は何の日?」

一二月八日は三年前に「咽頭ガンが見つかった日」です。もう三年経ちました。人生が大きく変わった三年でした。おかげさまで今では元気に人生を楽しめるようになりました。三年前までは「生き急いでいる」ように突っ走っていました。よい意味で人生のブレーキになりました。

今日、胸のCTスキャンを撮りましたが、転移はありませんでした。一二月六日には講演会も行いました。夜は病院の忘年会でギター演奏もしました。一一日は柴野繁幸と「あさがやドラム」でライブですし、一三日は帝京平成大学で学生達への講義を依頼されています。

2008年12月30日 「今年の目標達成！」

今年ももうあと二日で終わりです。二〇〇八年は、新年明けに三つの目標を立てました。

第一に、自分の持てる手術技術で一人でも多くの患者さんのお役に立つこと。

第二に、永生会の安藤理事長を助けること。

第三に、ＰＲＳギター展覧会を開くこと。

第一目標は、私としては手術で患者さんのお役に立てたと思います。手術数は、病前の年間二百数十件にははるかに及びませんが、一人ひとりの患者さんに私の持てる力をお貸しできたと思います。外来患者さんも予約が増え、予約枠は完全にオーバーしてパンク寸前です。遠く大阪や長崎（！）からも手術患者さんがいらっしゃり、来年一月早々に手術予定の方はアメリカ在住の日本人で、口コミで帰国されたそうです。

第二の目標も、六〇点程度は達成できたと思います。いま、私は「患者さんの治療」にはすごく興味があるけれど、「組織運営」にまったく興味がないことがよくわかりました。患者さんと一緒にいられる臨床が好きなのです。

第三の目標は、日本楽器フェスティバルで達成しました。〝Akagi Collection〟を皆さまにお見せできました。反響も大きかったし、ＨＰのアクセス件数も八六〇〇件を超えています。http://web.mac.com/ieyasu1957

その他にも目標には掲げていませんでしたが、「柴野繁幸とライブ活動」や「ヒマラヤ、エベレストの旅」、「アメリカPRSギター工場見学旅行」、「新しいギターをゲット」、「四回の講演と一回の講義を行った」、「いろいろなコンサートに行った」などなど……すごく充実した一年でした。今のところ病気の再発・転移もなく、無事に術後三年が過ぎました。これも応援してくださった皆さまのおかげだと感謝しています。治療の苦しみを綴った日記から、楽しいことのご報告がこの三年でできるようになりました。

来年早々には、二〇〇九年の目標を書こうと思います。すでにほぼ決まっていますが。

では皆さま、よいお年をお迎えください。

SESSION Ⅳ
奮闘時代
(Challenging Age)

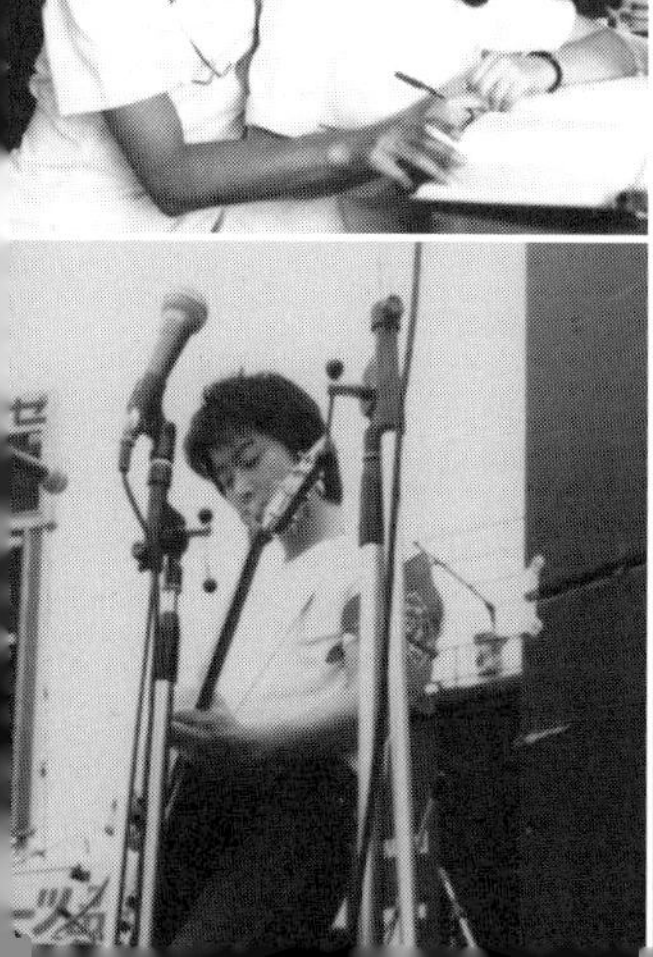

夏は暑く冬が寒い京都での浪人生活

高校三年生になると、勉強以外に面白いことが山のようにあふれてきました。目の前に面白いことがたくさんあると、当然のことに苦難の道を避けるようになりました。それとともに、絶対医者になるんだという強固な意志が自分の中でだんだん薄れていくのがわかりました。たなぼたで医者になれれば、という甘い考えでした。医者になれたらいいんだけど……という将来の漠然とした希望、加えて自分に期待してくれている両親や叔母を失望させたくないという、ただそれだけの気持ちでした。

そんな状態ですから現役で医学部に合格するはずもなく、受験は全敗して浪人生活に突入しました。受験専門誌で予備校を探し、父親に言われて東京の予備校を見学に行きましたが、私の眼中に東京はありませんでした。当時は、京都がロックとブルースのメッカで、「拾得《じっとく》」「磔磔《たくたく》」という有名なライブハウスがありました。それに憧れ、京都を浪人の地に選んだのでした。

ところが京都は浪人生活にとっては最低の土地だったといわざるを得ません。春秋の観光には確かに良いところでしょうが、一八歳のロックな青年に寺社巡りや名所散策は興味がなく、古都の歴史にも関心が持てませんでした。まして、京都は盆地のために夏の暑さと冬の寒さは想像を絶していました。夏は四畳半一間の窓とドアを開け放って、ショートパンツ一枚になり、もちろんクーラーなどありませんから扇風機を〝強〟にするのですが熱風が吹いてくるだけでちっとも涼しくならない。ただ、部屋に飾ったアグネス・ラムのポスターが熱風に揺れるだけでした。冬の寒さも厳しく、厚着をしても寒くて小さな電気ストーブから離れられません。アパートに風呂がなく、風呂桶を抱え叡山電鉄で二駅先の銭湯に数日おきに通っていました。

父からの仕送りは月に三万円で、家賃の一万五〇〇〇円を払えば、残るのは一日五〇〇円の生活費です。三五年前とはいえ、一日五〇〇円の生活はかなり厳しく辛かった記憶があります。お金がないために、憧れの「拾得」にも結局一年間で一回しか行けませんでした。ただ、辛かった思い出も辛いなりに、過ぎ去ると昨日のことのように楽しく思い出されます。京都で同時期に浪人生活を送っていた幼なじみ英彦の下宿へ自転車で乗りつけ、「王将」の餃子を一緒に食べに行きました。当時食べた餃子は、空腹という名調理人のおかげもあり、今まで食べた餃子のなかで一番の旨さだったと思います。

医学生兼バンドマン

それでも一浪した結果、何とか医学部に進むことができました。新しい生活に不安を抱きつつも、医学部に入りさえすればごく普通に勉強して国家試験を受け、みんなスムーズに医者になれるものとばかり信じていました。しかし、それは大間違いだということにすぐ気づかされました。履修科目は語学に選択の余地がある程度で、授業は月曜から土曜の午前まですべてびっちりとカリキュラムが組まれ、時間割は埋め尽くされていました。

そんなタイトな状況なのにロックから離れることができず、総合大学の他学部の学生に混じって「軽音楽部」というクラブに入りました。この軽音楽部が、とんでもない体育会系のりのクラブだったのです。コンサートのあとには正座して反省会をさせられるし、もっと驚いたのは夏休みにクラブ全員参加の合宿があり、朝六時に起床するとまず早朝ランニングから日課が始まるのです。ロックの自由で退廃的な雰囲気が好きだった私は、半年もしないでこの〝健康的な!?〟クラブを辞めてしまいました。

医学部の授業は大変厳しく、毎週試験に次ぐ試験で、合格するまで何度でも追試を受けました。途中でドロップアウトする学生も少なくなかったと思います。そんななかでも私はロックバンドをやりたい、と強く願っていました。するとよくしたもので、強烈な個性をもちバンド経験のある先輩医学生や大学病院の研修医と出会ったのです。早速、彼等とバンドを組みました。病院内やスタジオでひたすら曲作りと練習を行い、一年も経たないうちに渋谷や下北沢のライブハウスに出られるようになりました。バンド活動が楽しくて、ライブ演奏が楽しくて仕方がありませんでした。

いくつかのバンドが集まり、東京ドームになる前の後楽園球場で演奏したこともありました。そのメンバーの中には、後に有名になっていくグループもいくつかあったのです。ロックバンドをやっている間、ライブ会場では私たちはヒーローであり、たとえようもない高揚感を得て有頂天になっていました。ライブ終了後、ギターケースを背負って、渋谷の公園通りを女の子達に囲まれて下っていくのです。そんな状態で勉強に身が入るわけもなく、しかるべくして私は留年しました。

「これはマズイ」と思ったバンドリーダーの研修医は私をクビにしました。そのままロックバンドで突っ走っていたら、私は絶対に医者にはなれなかったでしょう。今では当時の研修医も六〇歳近くなり、東京郊外で大きな医療法人グループを経営しています。キーボーディストは出身大学医学部の教授に、ドラムスは沖縄の某病院心臓血管センターの院長になりました。今思い返しても、皆すごい個性と才能の持ち主が集まっていました。今でも彼等に励まされ、闘病生活を応援して頂いています。

一発合格で医師に

医師国家試験に（たぶん最低ラインで）一発合格し、晴れて医師免許を取得しました。

出身大学（神奈川県内）の形成外科に入局するという内定を反故にして、都内大学病院の整形外科に入局することにしました。出身大学に残ることが多かった当時としては、慣れ親しんだ環境から去り、新しい世界に飛び込むことは冒険でありチャレンジでもありました。就職依頼に訪れた際、面接してくださった当時の主任教授は私が持参した大学の成績表を見ながら、「あなたはよほど死にものぐるいで頑張らないと、ウチの人たちについていけませんよ」とおっしゃられました。その時点では、教授は同期入局者五人の中で、その後、私ともっとも密接な関係を持つことになるとは思いもしなかっただろうと推測できます。

医者になったら今までのような勉強一筋からは解放され、給料ももらえてバラ色の社会生活が始まるだろうとのんきに考えていました。ところがどっこい、そんな甘い夢はすぐさま打ち砕かれ、叩きのめされました。国家試験に受かったとはいえ、実戦面では何も知らないフレッシュマンです。フレッシュマンなど現場では半人前以下、ベテラン看護師にはるかに劣る新米です。先輩医師に一から十まで教えを請い、何から何までメモに取り、専門書を読み漁り勉強しました。

研修医の月給は七万円程度でした。一カ月に二八日、自宅に帰れないことがありましたが、そんな時は弟が洗濯物を交換するため、原付バイクで往復してくれました。こうして地を這うような研修医生活が二年続きました。しかし、〝スポンジが水を吸うように〟という喩えのごとく、医者としての知識や技能は急速に向上していきました。当時、他大学出身の私を分け隔てなく、いや同窓の研修医以上に可愛がってくださった多くの先輩方のご恩は忘れられません。もちろん、初っぱなに担当教授がおっしゃられた〝死にものぐるいの努力〟を一時たりと忘れずに奮闘しました。

〝ロックの虫〟が騒ぎ出す

医者になって三年も経つと、かなり周囲の様子もわかってくるし、また〝ロックの虫〟が騒ぎ出しました。出張先の病院でロック好きのメンバーと出会ったのです。病院のリハビリ療法士、事務のお姉さん、それに栄養科の栄養士、くわえて外傷で入院中の患者さんまでバンドに加わり、バラエティに富んだメンバーが集まりました。埼玉県西部で何度もライブコンサートを開き三年ほど活動しましたが、私が遠方に転勤になったためバンド活動は幕を閉じました。しかし、当時のメンバーとは今でも仲が良く、時々一緒に演奏を楽しんでいます。

大学の医局では、大学病院勤務と出張病院勤務を半年から数年ごとに行ったり来たりします。若い医者は大学で学会発表から英文文献の読み方まで、将来の医学者としての基礎を教わり、先輩から所属した科に固有な基本的知識、手技を学びます。病棟では、下働きとして処置や指示書き、雑務に追われます。夜は生活費を稼ぐため、一般病院で当直のアルバイトが待っています。

アルバイト先で夜中に救急患者が搬送され寝る間もなく処置をしても、翌朝からまた何もなかったように仕事が始まります。大学から出張した病院では実戦で鍛えられ、大学病院では普通若い医者にはとても任せられないような難手術に実際に立ち会い、多くを学びます。もちろん、日頃から手術書と首っ引きで知識を蓄えることを怠るわけにはいきません。

UNPLUGGED Ⅳ

ネバギバ日記

(Never Give Up Diary)

「励まし、励まされ、あきらめない」

2009年1月25日 「新大関・日馬富士関」

友達の関脇・安馬関は先場所までの成績が認められ、今場所から大関・日馬富士《はるまふじ》関に昇進・改名しました。しかし、今場所序盤は体調も稽古も十分なのに、初戦からなんと四連敗。五日目でやっと琴奨菊から白星を得ました。新大関になって初日からの四連敗は、大相撲界の新記録だそうです。琴奨菊に勝った翌日、今度は格下の小結豪栄道に負けてしまいました。

それが一六日のことで、取り組みのあと、日馬富士関と晩飯をご一緒しました。親方から「今夜は外出禁止だ。早く帰ってこい!」と電話が入るのですが、のらりくらりかわして会食を続け、いろいろと話しました。私は自分の経験をもとに関取にこう言いました。「関取は今までどんどん成績を伸ばし、どんどん番付を上がってきた。でも、それが当たり前と思ってはいけない。人は何度でも大きな壁にぶつかるし、壁にぶつかってそれを乗り越えることで本当に強くなれるのです」「負けたことのない人は真に強くはなれません」「これからこそ、日馬富士関本来の相撲を取ることで、勝ち続けることができます」

私自身、病気になる前はイケイケどんどんでやってきたけれど、病気になって本当の自分の強さが現れたと思います。そんな経験談を日馬関にお話ししました。それからの日馬富士関の活躍は凄い!、の一言でした。一勝五敗の成績から勝ち相撲を続け、朝青龍以外にはすべて勝ち、横綱白鵬も倒して七勝をもぎ取り勝ち越したのです。私の励ましが役に立ったかどうかはわかりませんが、一緒に会食してから見違えるように取り組みが良くなったのは紛れもない事実です。本当に嬉しい大関日馬富士の勝ち越しです。

2009年2月1日 「八王子ライブ大盛況！」

一月最後の土曜日、三一日に〝柴野繁幸＋赤木家康〟ユニットで初の八王子ライブを行いました。お越し頂いたマイミクのパラレルさんご夫妻、いとちゃん、とむちゃん、エコさん、それにワタルさんも顔を出されたとか？　混雑のなか、十分なお礼ができずに申し訳ありません。本当にどうもありがとうございました。

西八王子のダコタハウスというキャパシティ八〇人ぐらいのライブハウスにお客様が入りきれないほどで、入場を諦めて帰った方もいらっしゃったそうです。どうもすみませんでした。会場内は酸欠状態で、相方シゲは汗をダラダラかきながらシャウトしていました。一六時と一九時の一日二回のライブでしたが、二回公演にして良かったです。二回とも超満員で、一回だけの公演だったら死者が出たかもしれません。二回目はお客さん減るだろうと思っていたら、客席の後ろの方も立ち見でした。お花も山のように頂きました。

行きは電車でしたが、頂いたプレゼントや花束を持ちかえるためにタクシーで帰宅しました。トランクに入りきれず、助手席や後部座席もお花とプレゼントで一杯でした。

シゲは私の観客動員力に驚き、バンド名を「赤木先生」にすると言っています。まだ興奮冷めやりませんが、人生で最良の日でした。大変ありがとうございました。

2009年3月2日「大森終わり、次は西八王子」

あっという間に三月になりました。三年前の今頃は、ちょうど放射線治療が終わった時分でした。当時は髪の毛もヒゲも抜けました。味覚も全くなくなっていました。二月最後の日、二八日は大森「風に吹かれて」で柴野繁幸ユニットのライブでした。

お客さんはちょうどぴったり席が埋まる感じの満席でした。立ち見のお客さんが出ないと不満？？？（贅沢な！）。お越し頂いたパラレルさんご夫妻、エコさん、チエさん、黒猫さん、ほか大勢の皆様ありがとうございました。大学の同級生や、産業医として関わっている会社の社長ご夫妻にもお越し頂きました。

来週は三月八日に西八王子のダコタハウスでライブです。前回は、お客さんが入りきらないほど盛況でした。お店始まって以来の入りだったそうです。今回はどうでしょうか……。お店側で作ってくれたポスターも、前回はA４サイズでしたが今回はずいぶん大きくなりA３（!?）でした。これから春に向かう時期が、私の一番好きな季節です。

2009年3月9日 「八王子ライブ、ありがとうございました」

これで二回目となる昨日の八王子〝ダコタハウス〟ライブ、おかげさまで大盛況でした。〝柴野繁幸＋赤木家康〟は一四時半から第一ステージ（一六時五〇分からの〝ぱーぷりん〟ライブにも私は出演！）、一九時一〇分から第二ステージでした。どちらも立ち見が出るほどの盛況。第二ステージはアンコールを含め、九〇分も演奏し続けました。お越し頂いた皆さま、どうもありがとうございました。さすがに一日三ステージ出演は疲れました。

2009年5月5日 「おひさしぶりです」

とうとう四月は一度も日記を書かずに過ぎてしまいました。四月の私のカレンダーの予定表は、書き込んだスケジュールで真っ黒になっています。これでは病気になる前と同じだ……。そうなのです、忙しくなってきてしまったのです。外来が月・水・金曜日の三回体制では、予約患者さんがあふれて、予約二カ月待ちとなってしまいます。そのため、何時間でも待つから〝予約外〟で診てくれ、という方が予約患者を診たあとに延々と続きます。ですから、火曜日の午後、土曜日の午後も時々外来診察をやっています。週に六日勤務のこともありました。手術も私を指名される方が増えました。四月は執刀一五件、助手は四件。このままだと年間二〇〇件ペース、病前と同じです。

ライブも四月は二回。お客さんもたくさん来ていただきました。五月は、一九日の歌舞伎町ゴールデンエッグ、三〇日の西八王子ダコタハウスです。七月には北海道・根室ツアーも控えています。相方シゲと自宅地下室で練習を重ね、かなり完成度も高くなり、新曲も増えています。

五月七日はがん研有明病院でPET検査です。ガンの摘出後三年五カ月、これでセーフならば……と期待してしまいます。忌野清志郎さんは喉頭摘出を拒まれて亡くなってしまいましたが、わたしはどうなるでしょうか？　発病当時、中学二年生だった娘も高校三年になり、もう父がいなくても大丈夫でしょうか。

六月には闘病経験を話すために、日本リハビリテーション医学会と日本頭頸部癌学会で二回の講演会を行います。そのときまで、元気で頑張らなくては。

2009年5月9日　「検査結果が出ました」

昨年の二月八日以来、一年三カ月ぶりとなる五月七日にPET検査をしてもらいました。結果は、セーフでした。「診断／明らかな再発、転移を認めない」ということです。再発も転移も怖くはありませんが、無いに越したことはありません。術後三年五カ月経ったので、もう大丈夫ではないかと思っています。

やはりあの時すぐに、迷うことなく摘出手術を受けたのが良かったのだと自分では思います。一度は声を失いましたが、今では声も何とか出るようになりました。仕事もできます。自分の時間も増えたし、人生に余裕ができました。歌は歌えなくなりましたが、柴野繁幸という素晴らしいボーカリストと出会い、バンドでギターも弾けます。闘病、発声体験を講演会でお話しする機会もしばしばあります。

パラレルさんに勧められて始めたｍｉｘｉでもたくさんの方に励まされ、たくさんの方と出会い、感謝の心で術後三年以上を迎えています。私は病気になって得たものが凄く多かったと実感しています。あのまま無理な仕事を続けていたら、と想像するだけでも恐ろしくなります。ガンに冒されながらも〝生かされた意味〟を考えつつ、これからの人生を送っていきたいと思います。ありがとうございました。

2009年5月23日　「日馬富士関が横綱朝青龍を破った！」

今日の相撲は最高だった！　日馬富士関は昨日こそ白鵬に敗れたものの、今日は朝青龍を倒した。明日の千秋楽が楽しみでしょうがない。

2009年5月24日 「祝優勝・大関日馬富士関」

私が応援している大関日馬富士が優勝しました。今場所は、場所中一緒に二回も酒を飲みました。一七日中日《なかび》の写真をアップします。中日には日馬富士関に焼酎を一気飲みさせられ、次の日二日酔いでした。日馬富士関のお母さんも一緒。彼のお母さんは私と同い年(!)でした。感無量で何も言えません。

2009年5月31日 「日馬富士関乱入・ダコタハウスライブ」

シゲと私の、もう定例となった西八王子ダコタハウスのライブも四回目です。五月三〇日は一六時半と一九時一〇分からの二ステージでした。超満員でお客さんが入りきれなかったライブ一回目から比べると、お客さんの入りは落ち七、八割の聴衆でした。頑張らなくては。お越し頂いたみなさん、どうもありがとうございました。

新曲二曲を含め第一部は九曲、第二部は一一曲も演奏しました。第二ステージには、大相撲夏場所で優勝したばかりの大関日馬富士関が応援に来てくれました。最後、日馬富士関はステージに上がり、私たちの伴奏で松山千春の〝大空と大地の下で〟を熱唱しました。

次のライブは根室、私にはそれまでに日本リハビリテーション医学会(六月五日)と日本頭頸部癌学会(六月一一日)での講演(各一時間)が待っています。急ピッチで講演原稿の仕上げにかかります。

2009年6月3日 「直接アメリカからギターを買った！」

私は現在、英語があまり得意ではありません。喉を無くして、とくに英会話は……（受験英語の時までは得意科目だったのですが）。ですから、今年の目標として、英語の勉強を頑張っています。ヒアリングができるように英会話CDを買って聴いています。まず英語に親しむのが一番と……。

今回は、アメリカのギターディーラーに直接自分で英文メールを送り、ギターを個人輸入しました。メールで値段を訊き、購入申し込みし、銀行で海外送金。またメールを確認して、送金から五日後にアメリカからギターが届きました。意外と簡単にできました。私のプアな英語メールでもなんとかなったみたいです。通常日本で買う値段より、かなり安く買うことができました。今回の注文でずいぶん自信がつきました。

2009年6月10日 「講演ひとつ終わってもう一つ……」

六月五日に静岡市で開催された日本リハビリテーション医学会で、約一時間講演しました。モーニングセミナーで朝八時から、座長は千野直一慶應義塾大学名誉教授がお務めくださいました。外は小雨が降る空模様でしたが、なかなか盛況で一五〇人以上のドクターが聴きにきてくれました。講演後、K医科大学教授から「ぜひウチでも講演をお願いしたい」と申し出を受けました。

実は来週も講演です。札幌で開かれる日本頭頸部癌学会で、自分の病体験について一時間話します。一週間のうちに二回も講演するのは初めてです。スライド作り、原稿作りは完璧です。睡眠時間を削って、ふらふらになりながら昨夜完成しました。頑張ってきます。

2009年6月18日 「札幌で講演してきました」

六月五日の講演に続き、一一日には日本頭頸部癌学会で、「咽喉摘出術後の早期発声体験（T－Eシャント手術を受けて）」というタイトルのもと、一時間講演しました。座長は私の喉頭摘出手術をしてくださったがん研有明病院・頭頸科部長の川端一嘉先生が務めてくださいました。手術患者の講演に術者が座長を務めるのは普通まず無いことでしょう。今回の講演のために、時間をかけて充分に準備しました。一時間の講演が終了したとき、聴衆のドクター達からとても長く、とても大きな拍手を頂きました。拍手がずっと鳴り止まないので驚きました。講演後、共催者の方に「感動した」「赤木先生に頑張ってほしい」等の有り難いご意見を頂いた、ということでした。努力した甲斐がありました。

2009年6月22日 「飛鳥山の紫陽花」

昨日は飛鳥山公園で雨に濡れた紫陽花を撮りました。雨の中、散歩がてらカメラを抱えていきました。ただそこにあるがままの花を撮るのではなく、心の中で考えた紫陽花の情景とフィットする写真を、今見ている景色の中から探して撮ってみようと思いました。快心の作が撮れたので、今日病院の外来に飾りました。ガンになるまで写真は趣味でも何でもなかったのに、今では病棟や外来に飾り、患者さんが喜んで下さるのを励みにしています。飾り終えた写真は、交換する時に患者さんに奪われてしまいます。

2009年7月25日 「またやっちまった!」

先日、アメリカのWillcut Guitarsというギター屋さんのEric Cumminから「新着ギターがあるから写真を送る」という英文メールを受けとりました。写真を見、メールで値段を訊いて驚いた。一ドル九五円で換算しても日本の半額だ! それに今まで見たことのない、桜の花が美しく咲いている様子をあしらった指板です。

私のギター購入症候群(Guitar Acquisition Syndrome/GAS)が再発し、「これはコレクターとして手に入れなければ!」「そうだ、もうすぐ五二歳の誕生日だから、自分への誕生日プレゼントにしよう」「よし、明日銀行に行って送金しよう」、私はこういう時の仕事は早い。そして、一週間でアメリカからギターが届きました。今まで見たことのない美しさです。これがこの値段で……。私の病気は治りそうにありません。

2009年7月28日 「My Birthday Live at〝KAZENI HUKARETE〟」

七月二六日の私のバースデー前夜、大森の〝風に吹かれて〟でライブを行いました。お越し頂いたマイミクのいとちゃん、とむちゃん、ビデオを撮ってくださったエコさん、かぶりつきのネシャ3さん、パラレルさんご夫妻、患者さんの息子さんである荻野さんご夫妻、大学同級生の飛田と彼女、薬屋の福永さん、チエさん、ライブが終わってからお花を持って駆けつけてくれた堀さん、五二本の薔薇を送ってくださったミューズさん、ケーキを用意してくれた金谷あつしオーナー、どうもありがとうございました。金谷オーナーが用意してくださったケーキ、私はシャント孔を閉じて息を吹き、ろうそくの火を消しました。シャントがないと火は吹き消せません。

2009年8月20日 「〝The Art of PRS〟写真集完成！」

ＰＲＳのPrivate Stockギターの写真集が、ＰＲＳ本社から出る予定です。写真集には全部で四二本のギター写真が載っていますが、私は一五本のギターを提供しました。非常に芸術的な写真集です。

2009年10月17日「高血圧発作」

一〇月一三日夕方から会議があり、理事長のプレゼン三〇分、名誉院長の説明が二〇分ありました。発言を求められた私は、思っていることを約一〇分間怒りとともにしゃべりまくりました。たぶん興奮していたのだと思います。

その後、急に後頭部に激しい痛みを覚え、頭が割れそうに痛みました。会議を中座し休んでいましたが、頭痛は改善するどころか激しくなるばかりです。血圧を測ってもらうと二一〇もありました。CT、MRI撮影しましたが異常はなく、降圧剤点滴のため一日入院しました。

翌一四日は何ごともなかったのですが、一五日朝、さあこれから手術という時にまた高血圧発作に襲われました。そのまま歩いてなんとか外来に行きましたが、血圧は二二〇、頭は割れるようです。とても手術などできず、中止にしてもらいました。午前中は外来ベッドに横たわり、降圧剤の点滴を受けていました。

普段は血圧が低いくらいなのに、どうしてこんなことが起きたのでしょうか？　緊張したり、興奮したことが悪かったのでしょう。忙しくなったことが引き金になり、血圧調整機構に異常をきたしたのかもしれません。

2009年11月5日 「Michael Jackson〝This is It〟」

マイケルの映画〝This is It〟を昨夜、一人で観てきました。前売り券は何枚か購入していたのですが、そのうち観にいこうと思いしまい込んでありました。しかし、先輩医師（六〇歳）が観にいって、凄く良かったというので、すぐその夜に出かけたのです。すぐ観にいってよかった。観ていて感動で涙がこぼれてしょうがありませんでした。あそこまで完璧にリハーサルができていたのですね。本番と見まがうばかりです。マイケルが死ななければ、空前絶後、最高のコンサートになったでしょうに。リハーサル映像なのに並みのコンサート以上の映像内容を楽しめました。すごかった。

私は、マイケルが久々のコンサートへのプレッシャーで不眠や鬱になり、薬のｏｖｅｒｄｏｓｅで死んでしまったとばかり勝手に思い込んでいました。マイケルのストレスはいかばかりかと思いますが、結局は睡眠導入にデュブリバンを使う最低の医者に殺されたのですね。映画が終わると会場からは拍手の嵐でした。映画に拍手できる……素晴らしいことです。また涙が出ました。

しかし一方、マイケルが五〇歳を過ぎてずっと生きながらえるよりも、これからも語り継がれる伝説になって、本当の星になったのかもしれません。ジミ・ヘンドリックス、ジェームス・ディーン、エルヴィス・プレスリー、ジョン・レノン、日本では尾崎豊、忌野清志郎、力道山（ミュージシャンじゃないか）、石原裕次郎、美空ひばりさんなど若くして天に召された天才は数え上げればきりがないぐらいです。素晴らしい才能は、それ故に若くして亡くなります。

私は四八歳の時にガンで死にかけましたが、凡才ゆえに助かりました。今までにも中学生の時にプールで死にかけ、高校生の時にバイク事故で死にかけ、大人になってからも交通事故で……死にかけましたが、凡才ゆえに助かっています。これからも細く長く、患者さんの役に立ちたいと思います。もちろんミュージシャンとしても！

2009年11月27日 「ライブのお知らせ」

今年も残り少なくなりましたが、本年の締めくくり、一二月の二回のライブのお知らせです。年末でお忙しい頃とは思いますが、ぜひお越しください。お待ちしております。

最近メチャクチャ忙しい、疲れる。一二月は予定がびっちり……四年前の殺人的スケジュールに戻らなければいいけど。しかし、自分が世の中から必要とされているから忙しくなるんだ、と納得して乗り切ります。

2009年12月8日 「今日は何の日？」

今日、一二月八日は一生思い出深い日です。四年前の今日、下咽頭ガンを宣告された日です。

あれから四年、私にとって有意義な四年でした。突然病気になり、いろいろな変化がめまぐるしく起こりました。手術を受け、声を失い、術後の激しい痛みと闘い、心配してくれるみんなの暖かさに助けられ、放射線治療でさらに打ちのめされ、それにもめげず起き上がって。自分の時間ができ、ギターを買い、各地を回って写真を撮り、発声のための手術を受け、声がだんだん出るようになり。職場に復帰して手術もできるようになり、外来もできるようになって、音楽活動に再度目覚め、相棒・柴野繁幸と出会いユニットを作り、各所のライブハウスを巡り。患者さんが増え、医師としての仕事も忙しくなり、これからも生きていく大きな力を得ました。

2009年12月22日 「人生はゴールのないハードル競技だ」

術後四年にして思う。私の名前の由来である徳川家康は、「人生は重き荷を負うて、長き道を行くが如し」と言ったらしい。私は、どちらかといえば重き荷を背負っているとは思わない。背負っているのかもしれないが重いとは感じない。五二年が長い道のりだったとも思わない。心は一五歳のままだと思う。比較的軽快に、いつも人生を突っ走っている。

しかし、私が突っ走るその目の前にはつねにハードルがある。低いハードルだったり、急に高いハードルだったりする。ハードルの間隔も長かったり、短くなったりする。地面を蹴って思い切り脚を伸ばしながら、ハードルを軽快にどんどん飛び越えていく。時にハードルを倒してしまう。ハードルにぶつかり地面に倒れ込む。だけどリタイアすることはできない。また立ち上がってハードルを跳ぶ。でも、ハードルを越えるのが辛いとは思わない。いや、越えることはむしろ歓びだ。

四年前、二〇〇五年一二月二二日の今頃、私の一六時間におよぶ下咽頭ガン摘出手術は終盤を迎えていたはず。手術を終えたのは翌二三日になっていたという。術後四年を迎え、自分が生かされていたことが、少しでも誰かの役に立っていることに至福の喜びを覚えます。私の人生を支えてくださった皆さまに心から感謝します。

2009年12月26日　「二人の患者さんの死」

今年は、印象的な二人の患者さんの死がありました。一人目の患者さんは、私のガンが見つかるきっかけとなった患者さんです。平成一七年一二月八日午後に、Bさんの変形性股関節の人工股関節手術が予定されていました。しかし、手術前日の心臓エコー検査で心不全があるとわかったため、手術中止にしました。

手術中止でぽっかり空いたその時間に、日頃から喉の不調に悩んでいた私は、東海大学八王子病院で診察を受けて、その場で下咽頭ガンを宣告されました。Bさんの手術が中止にならなければ、多忙だった私は東海大学八王子病院を受診することもなく、ガンが進行し、今の私はなかったかもしれません。それくらい多忙で時間に余裕のない、せっぱ詰まった仕事をしていました。生き急いでいたのかもしれません。

その後、Bさんは後輩医師がフォローアップしていてくれたので、今日一二月二五日に彼に「私のガンが見つかるきっかけになった患者さん」だから「今後私が診ます」と言ってカルテを出しました。すると実は、内科医師の心不全治療のための入院勧告をBさんが拒否して、一二月二二日に亡くなっていたというのです。自宅で冷たくなっていたため警察署から問い合わせの電話があったとのこと。Bさんの死後三日目という日に、なぜ私はBさんを診なければと突然思ったのでしょうか？　普通なら後輩に引き継いだ患者さんのことを、そこまでして診ようとすることはなかったでしょうに。

二人目はMさんという登山家です。平成二〇年一二月二四日、今からちょうど一年前のクリスマスイブに、左膝の痛みを訴え、私の外来を初診されました。二年前から痛みのためにしゃがむことすらできなかったMさんは、二カ月前からは歩くのも辛く、とても登山できるような状態ではなかったようです。山登りができなくなって「ちくしょう、ちくしょう！」と悔しがっていたそうです。初診時、すぐにMRI撮影し、「内側半月板断裂なので、鏡下手術ですぐ良くなりますよ」とお話ししました。即刻手術を決断され、正月明けの二一年一月七日に入院、八日に内視鏡手術で半月板を部分的に切除しました。手術後四日で退院されると、左膝の痛みが全くなくなり、すぐに山登りを始められたそうです。二月二八日に外来に来られた時には、痛みが全くなく、飛び跳ねるように登山ができると喜んでいられました。私がエベレストの麓にヘリコプターで降り立った話をご存じで、ぜひ一緒に登りましょう！、と言ってました。

Mさんの訃報を聞いたのは七月終わりの頃でした。まさか、そのニュースを自分が手術した患者さんのこととは思いませんでした。Mさんを紹介してくださった別の患者さんからは、「膝が痛くないんですよ。何千メートル級の山でも登れますよ」とMさんが喜んでいたと漏れ聞いていました。Mさんは、六七四〇メートルの山で、雪崩のためシェルパとともにクレバスに転落して亡くなられました。

私が膝の治療をしなければ、あの痛い膝のままなら六〇〇〇メートル級の山にチャレンジしなかったでしょう。治療したから亡くなったのでしょうか……。でも、彼は私のことを感謝しながら山に登っていったと聞かされました。心から登山家M氏の業績を称えるとともに、ご冥福をお祈り申します。

今年、私の心に深く刻まれた患者さんの死でした。

SESSION V

働き盛り

(Charismatic Doctor)

勤務先病院の発展期に遭遇

永生病院に最初、非常勤講師として赴任したのは一九八八年九月のことですから、もう二三年にもなります。永生会の安藤高朗現理事長の父上が当時、理事長職にありました。勤務のきっかけは先輩の今村医師の紹介で、八王子は都内から遠く医師の確保が難しいからとにかく行ってくれ、ということでした。

当時は典型的な老人病院で、五階建ての古い病棟からは暗い印象を受けたことを覚えています。そのうえ、初めて訪れた時はたまたま雨降りで、四階と五階には窓に鉄格子のついた病室が並び、鉄格子付きの窓を雨が濡らしていたのが印象的でした。

整形外科医師の役割は、主に入院患者の転倒などによる外傷の診断と治療など。といっても、手術は設備がないため行えず、そういう場合は他院に紹介し、転院手続きをとります。また、在籍する理学療法士や作業療法士に、リハビリテーションに関するコンサルテーションを受けたりしていました。

永生病院は当時の病院としては珍しく、理学療法、作業療法の施設認可を受けていました。その頃は、大学病院でさえも理学療法、作業療法の施設認可を得ているところは少なかった時代です。これは、前理事長が新病棟建設計画とともに、老人病院から急性期病棟を併せ持ったリハビリテーション病院への転換を計画していたためだと思われます。

新病棟建設までは〝広大〟と表現していいほどの庭があり、優雅に鯉が泳ぐ池もあり、散策するには絶好の景観でした。私がその庭を好きになったのは当然のことで、病院経営に成功するということは、これほど華々しいものなのかと一驚していました。

ところがある日、その庭が重機によって破壊され、新しい病棟の建設が始まりました。新病棟はリハビリテーションを中心に、急性期疾患から慢性期疾患まで治療できる病院を目指しているということでした。週に一度の非常勤で永生病院を訪れるたびに、どんどん庭は削られ建物が造られていきました。と、そんな時に前理事長は新病棟の完成を見ることなく、あっけなく急逝されたのです。そのため、日大の第三内科に在籍していた息子の現理事長が、一九八九年に急遽跡を継ぐことになりました。

臨床経験を重ね整形医として成熟期へ

一九九〇年に新病棟が完成し、華やかで豪勢な開院式には元総理大臣の竹下登氏をはじめ、政界、芸能界の著名人が集まり、前理事長の交友の広さ、影響力の大きさに驚かされました。その頃から、私自身、安藤高朗現理事長との関係が深まっていきました。新しい病棟は完成したものの、ほとんど運営システムが機能しておらず、私は新病棟の整形外科部門に非常勤で在籍しつつシステム作りをサポートするようになりました。

ところが、古い病院システムを踏襲しようとするグループと、新しい病棟のために理想を掲げ入職した看護師など各職種のエキスパート達（「新病棟改革派」）が激しく対立することになってしまったのです。当時まだ三〇歳そこそこの現理事長に事態収集能力はなく、私自身、総看護部長に泣きつかれても、ともに手を握り立ち尽くすほかありませんでした。新旧勢力の激しい対立により、新規に入職した多くの有能な管理職、一般職員が確執とともに退職していきました。しかし、私にはその零地点から一歩一歩、整形外科のシステムを作り上げていく手伝いをするほかありませんでした。幸いなことに、当時の主任教授が医局から大変有能な先輩医師を何人か派遣してくださり、永生病院整形外科は着実に新生へ向けて歩み始めたのです。

その後、私の方はといえば、一九九四年に大学から一年間だけ派遣医という立場で、永生病院に常勤医として勤務することになりました。それまでは、週に一、二度通う非常勤医でしたが、常勤医として活躍の場が広がりました。非常勤で慣れ親しんだ病院ということもあり、水を得た魚のように楽しく勤務することができました。その働きぶりが気に入られたのか、一年間の出張勤務を終え大学へ戻ることになった時、安藤理事長から常勤医の誘いがありました。しかし、当時の私には大学を退局して、永生病院に就職する勇気も実力もありませんでした。それからも非常勤の医師として、永生病院に週に一、二度通っていました。他にも私が通う非常勤病院は数多くあり、条件の良い病院もたくさんありました。しかし、どうして自宅から遠い永生病院に勤務し続けたのか、はっきりとした理由は今もって私にもわかりません。

大学に戻った私は二年間の救命救急センター勤務などを経て、一九九六年から板橋区医師会病院に整形外科部長として出張勤務することになりました。この病院ではリーダーとしてさまざまな臨床経験を積み、多くの人生経験も味わいました。医師会病院が休みの日には永生病院に非常勤で通っていました。その間、医局では主任教授が三度替わりました。それに伴って、二〇〇〇年から永生病院は大学の出張病院を外されることになりました。つまり、その当時の主任教授にとって、永生病院は重要視すべき医療施設ではなかったのです。そうした背景もあり、安藤理事長からは常勤医への就任要請が繰り返されていました。

全力投球で「三人分」とあだ名がつく

板橋区医師会病院に勤務して三年が過ぎ、私自身も四〇歳を過ぎて医師として自信がついた頃でした。当時大学の主任教授が替わったこともあり、大学の医局を退局し、二〇〇〇年から永生病院の常勤医師になることを決心しました。

二〇〇〇年一月、永生病院にたった一人の常勤整形外科医として勤め始めました。一人ではとても、病棟、外来、手術とすべてをまかなうことは無理なので、優れた非常勤医師何人かに勤務依頼しました。常勤医になってまず考えたのは、「ものを言うにはデータを出す」という前任病院で学んだ基本コンセプトでした。前の病院では、最終的に前任者の三倍の成績を収め、「三人分」とあだ名をつけられていました。

永生病院で常勤医になってからも、一つひとつと実績を積み上げるよう持てる力のすべてを投入し、寝る間も惜しんで仕事しました。しかし、辛いとか苦しいとか思ったことは不思議にありませんでした。全力で仕事できて、実力を出し切れる環境で働き、多幸感に包まれていました。外来患者数もうなぎ登りで、整形外科病床は満杯、手術件数も右肩上がりにどんどん増えていきました。そればかりか学会発表も数多くこなし、業績はみるみる積み重なっていきました。それに伴い、常勤医師も一人、二人と増員していきました。四年も経つと、私が常勤で勤める前の永生病院とは見違えるほどの躍進を遂げていました。しかし、二〇〇四年頃になると「もう一人自分が欲しい、いや二人でも三人でもいい」と思うようになりました。片付けきれぬほど多くの仕事を抱え込み、自分の仕事を遣り繰りできなくなっていたのです。そのストレスから他の医師やスタッフとも軋轢が増えていったように思います。

当時、都内から永生病院がある八王子まで車で通勤していました。一般道でも高速でも、他の車を一台でも無理に追い越し、何かに追われるように車を走らせていました。車を買い換えるたびに排気量の大きな、馬力が大きい車に乗り換えていました。車を無理に速く走らせることで、ストレス解消を図っていたのだと思います。喫煙量も飲酒量もみるみる増えていきました。自宅に仕事を持ち帰り、遅い夕食を済ませると書斎で飲酒、喫煙しながら、夜中まで書類仕事を片付けていました。仕事漬けの自分に溺れていました。

二〇〇五年になって、夕方になると疲労感がどうにも抑えられなくなっていました。たいてい夜八時、九時まで病院で仕事をするのですが、むやみに脱力感と虚脱感に包まれるようになっていました。「なんのために、誰のためにこんなに仕事をしているのだろう？」、もう限界でした。他の医師達が定刻に帰ったあと、「一〇分だけ休もう」と椅子にもたれ短い眠りをむさぼると、また仕事を始めるのでした。今になって思い返すと、「これがいつまで続くのだろう」「このままでこの先には何があるのだろう」「行き着く先はどこだろう」、などと思い悩んだ覚えがあります。そんな時に下咽頭ガンが見つかったのです。「助かった」。人生に一段落つけられることを、私は喜んで受け入れたのかもしれません。

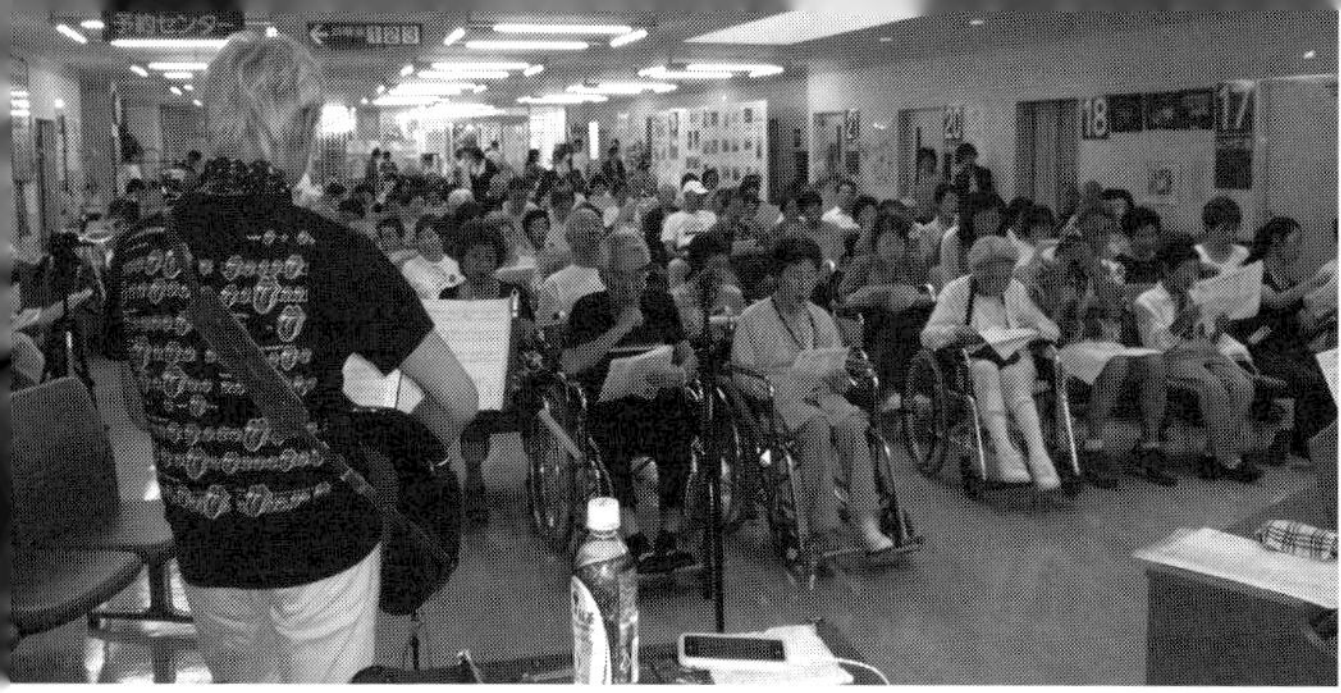

UNPLUGGED V

ネバギバ日記
(Never Give Up Diary)

「跳んで、はじけて、あきらめない」

2010年1月9日　「金髪先生」

明けましておめでとうございます。あっという間に九日になってしまいました。咽頭ガンになり四年経ちました。ロックな私は生きているうちに好きなことをしたいと思います（病気になる前から好きなことをしていましたが……）。もっともっとやります。昨年から金髪にしてみました。最近、茶髪の若い医者はいますが、金髪の医者は見たことありますか？　それも五二歳です。人と変わったことをするには勇気が要ります。その勇気を得ました。五二歳で不良になったのですから！　でも、世の中の形にとらわれないで好きにしていいのだと思います。テレビにだって金髪はたくさんいます。香取慎吾、所ジョージ、春風亭小朝……見慣れればなんでもありません。

外来で患者さんが診察室に入ってくると、金髪の私を見て部屋を間違えたと思い、出ていこうとします。でも高齢女性の患者さんは金髪の私を見て、可愛い、若返った、生まれ返って赤木先生と結婚したい……などと言います。好評です。髪を触りたがる人がいっぱいいます。

読売新聞東京都内版で私を紹介してくださいました。ネットからもご覧いただけます。本年もどうぞよろしくお願いします。

2010年1月23日「ガンガン行くぜ、金髪で！」

昨年一二月から髪を自分で脱色して金髪にしました。高校生の時や浪人中は、オキシフルを薬局で買って恐る恐る自分で脱色していました。しかし、今回は気合が違います。曲りなりにも整形外科医（日本整形外科学会専門医認定、脊椎脊髄病認定医、日本リハビリテーション医学会専門医、同臨床認定……数え上げればきりがない）、五二歳のオッサンです。

金髪にしてからは楽しくてしょうがありません。世の中が輝いて見えます。社会を気にしないで自分のやりたいことをやるのが、こんなに気持ちのいいものだとは思いませんでした（結構、今までも勝手をやっていたくせに……）。ジョン・レノンが「人や社会がどう思うか。そんな先入観や他人の目に縛られて、俺たちは一体どれだけ、やりたいことを我慢してきただろう」と言っていたそうです。

人生は一度しかない。自分のやったことの責任が取れるなら、何をやっても自由だと思います。一番の問題は、金髪にしても品位を保てるかどうかです。保てなくなるなら即刻黒く染め直します。患者さんには概ね（無理矢理）好評ですが。

2010年2月9日「体が悲鳴をあげてくれる!」

下咽頭ガンになる前は体が悲鳴をあげてくれなかった。体が悲鳴を上げないので、どこまでも仕事をしてしまう。ガンにならなければ、死ぬまで突っ走っていたと思う。今は、疲れたら体が悲鳴を上げてくれるようになりました。

私の日記に書き込みしていただいた方にも、お一人おひとりに返事ができなくなりました。日記は私の近況報告としてお読みください。もちろん書き込みは大歓迎ですし、書き込みに心から感謝しています。

二月六日ダコタハウスのライブにきて下さった方、ありがとう。お越しいただけなかった方は、次回どうぞよろしくお願いします。九〇分のステージを二回こなしたライブ翌日の七日は、体が重くて動けませんでした。ギターを弾きすぎて左の指先がまだ痛い。

今週は、私が大会長を務める日本整形靴技術協会学術大会が一二日、一三日、東京ステーションコンファレンスで開催されます。一二日の夜は大会長主催のパーティーが開かれます。パーティーでは、わが相方・柴野繁幸とライブ演奏をします。会費六〇〇〇円ですが、一般の方も入れます。食事、飲み物も付きます。ぜひお越しください。学会の翌日、一四日は八王子で朝から講演です。また体が悲鳴を上げると思います。講演のあとはリラックスします。

2010年3月14日 「蕾膨らむ」

大好きな桜の蕾が膨らんできました。春爛漫まであと数週間です。春は一番好きな季節です。今年もたくさんの桜を見て、また桜に出会えた喜びを噛みしめたいです。

三月一一日、一二日はがん研有明病院で術後四年目の検診を受けました。血液検査では貧血、低蛋白はあるものの、腫瘍マーカーは正常範囲内、内視鏡検査でも局所再発などはありませんでした。五年のゴールまで、あと九カ月になりました。過ぎてみれば四年はあっという間でした。

三月七日の赤坂天竺ライブにお越し頂いた皆さま、どうもありがとうございました。二月二一日に続き、わずか二週間のインターバルでしたがたくさんの方にお越し頂きました。次回、四月三日（土）の西八王子ダコタハウスでのライブが決定しました。皆さまぜひお運びください。

2010年3月26日 「五度目の桜が開花」

平成一七年暮れにガンで喉をすべて摘出して、翌一八年の桜は見られたが次の桜はどうだろう……。来年は、再来年はと思いつつ五度目の桜の開花にめぐり逢いました。桜の開花を迎え、自分が生かされているという大きな幸せに包まれています。私は、この桜の季節が大好きです。十代の頃の、四月から新たな世界に向かう希望と不安に満ちたときめきを、毎年思い出してしまうのです。

パラさんに勧められて始めたmixiも、もう丸々四年、これから五年目になるのですね。皆さんに助けられて、この四年三カ月、私に不幸なことはひとつもありませんでした。ほんとうにありがとうございます。

市販の毛染め薬を使い自分で毛を染め、金髪をシルバーにしようとしたら、紫に染まりました。マイミクのアンヌさんの助言に従い、毎日シャンプーしていると紫が抜けたのは良いのですが、白髪になってしまい、目指したシルバーにはなりませんでした。ただの白髪です。さらに、下からは黒髪が生えてきて、白髪染めの逆です。先が白くて、根元が黒いのです。髪のカットも自分でやるので、なかなか面白いです。

病院では何十人もの人に「先生、髪の色が変わりましたね」と言われ、結構見られているんだな、と再認識しました。勝手にロックな医者をやっていると思っていたのに！

2010年5月2日　「心が洗われたこと」

先日、多忙な日々を忘れて北海道を旅した時のことです。私はレンタカーで網走市内を走っていました。ナビに従って信号を左折しようとした時、小学校低学年くらいの女の子が横断歩道を渡ろうとしていました。私は車を停めて〝どうぞ先に渡ってください〟と手で合図しました。そうすると、女の子は深々と頭を下げてから横断歩道を渡り始めました。ここまでなら気分の良い、よくある話かもしれません。

しかし、女の子は横断歩道を渡り終わってから、再度車に向かって深くお辞儀したのです。なんと良い子なのでしょう。その子に出会って心が洗われました。こんなに気分が良いなら、私はもう一度彼女の前を左折したくなりました。車で左折、右折する時は、歩行者の面前を無理に先に行ったりせず絶対歩行者を優先します。これって当たり前のことか？　でも、あの女の子との出会いは、そんな自分へのご褒美のような気がします。

2010年5月13日　「NHKのTVに出ます！」

平日の一八時一〇分～一九時にNHKの首都圏ネットワークという番組があります。一七日の月曜日、私が出演します。

ガンから蘇った、金髪のロック医師がいるという報道内容のようです。キャスターの上條《かみじょう》倫子《のりこ》さんに五月六日、病院内でインタビューを受け、昨一二日はクリニックで診察風景と再度のインタビューを収録。さらには元気な患者のおばちゃん達にもインタビューがありました。おばちゃん達はメインの私より何倍も目立っていました。一五日の土曜日は、ライブ風景も放送してくれるようです。どんな放送になるかわかりませんが、ビデオに録って見てくださいね。

2010年5月23日

「いい区切りになりました」

五月一七日、NHKの首都圏ネットワークで私の特集を放送してくれました。最後のライブが放送され、いい意味で私の人生のひと区切りになりました。放送の中で、私の患者さん達は口々に「先生のライブ演奏から元気をもらった」と言ってくれました。彼等の方こそ、喉を無くしてもなお病気に立ち向かい、仕事し続ける私を応援してくれているのだと思います。今まで家族を顧みず仕事に没頭してきたことの〝証し〟でもあるのでしょう。

2010年6月23日

「近況報告です」

ご無沙汰しております。今月最初の日記です。日記をもっと書かなきゃ……と思いながら、日々の雑務に忙殺されていました。六月に入ってからは一週間に五件手術をしたり、一週間に五回外来診療をしたり、講演会をやったり、呑み会にすべて参加したり、わざと無理をして自分の体調を確かめてみました。さすがにもうすぐ五三歳、確かに疲れはしますがもう大丈夫のようです。

六月一一日は、がん研有明病院に定期検診に行ってきました。血液検査で血色素量（Hb）が一〇・一（正常値一二・五～一七）g/dlしかありませんでした。貧血の女の人より低い値です。

今年も飛鳥山の紫陽花を見にいきました。術後五回目になります。二〇日、初めて堀切菖蒲園に電車で出かけました。愛機キヤノン一眼レフも五年経ち、古くなりました。新しい素晴らしいカメラがたくさん発売されています。カメラを買い換えたい気持ちも起きましたが、病気と闘っている時にいろんな場所に一緒に行ってくれた、友人である今のカメラに別れを告げることはできません。

二一日の夕方、めじろ台駅ロータリーから夕焼けを見ました。この日の夕焼けは、久しぶりに綺麗でした。私は初夏の夕焼けが好きです。

2010年7月4日　「岡山に帰ってきた」

六月最後の土日を使って岡山に帰ってきました。土曜日は高校の同級生達が集まり、田舎のひなびた温泉で酒盛りです。同級生の老けたこと、老けたこと。同級生の寝顔を見て感慨にふけりました。

二七日は、実家のある真庭市勝山へ。母もうすぐ七六歳、甥は中二ですでに一七六センチの私よりもずいぶん背が高い。三人一緒に写真を撮ると、血縁関係は濃いようです。顔の系統が同じです。

私の患者のひとりであるUさんは八五歳。一〇年前に両膝の人工関節手術をして、埼玉県日高市から月に一度、八王子まで受診に来られます。バスと電車を使い、二時間半かけて来てくださいます。ありがたいことです。私の患者さんは、みなさんいい方ばかりです。最近、テレビを見て私の所に来られる人もたくさんいますが、みなさんちゃんとした方でした。

ところが、埼玉県越谷から二七歳の変わった女性がわざわざ八王子に来ました。ドクターショッピングを繰り返し、さまざまな医療機関をはしごした末に私の所に来て、いきなり「脚の長さの違いを治してほしい」と言うのです。診察後に「脚の長さは違っていませんよ」と言っても聞き入れません。「ごめんなさい、あなたのお役には立てないようです」と断ると、「あのね、テレビで見ておたくの診察を受けるために予約して、交通費かけて来たのよ。どうしてくれるのよ！」ともの凄い剣幕。わたしは「おたく」呼ばわりです。いるんですね、こういう人が。

最近、仕事量が増えました。一週間に六日出勤もあります。でも、私が生かされた意味は「困っている患者さんの役に立つことだ」と確信しています。私を頼って患者さんが診察や手術を受けにこられるというのは、本当に有り難いことだと思います。残りの人生はこれで決まりです！

2010年7月24日「またガンになりました」

三カ月くらい前から舌に潰瘍ができていたので、白板症かな?、と思い、歯科で診てもらい、歯を削ったり、ビタミンAを飲んだりしていました。しかし、食べ物を食べるとだんだん滲みるようになってきたので、ここ一カ月は舌ガンを疑い、自分でもいろいろ調べていました。

七月二三日、がん研有明病院に下咽頭ガンの定期検診で訪れた際、主治医に話したところ、早速、細胞診をしてくださり「扁平上皮ガン」と特定、確定診断されました。来週、七月三〇日に入院、三一日に手術してくださるそうです。舌を四分の一ほど切除するそうです。また、お休みを頂きご迷惑をおかけしますが、どうかお許しください。うまくいけば、九月か一〇月頃には仕事に復帰できるのでは、と思います。

神様はよほど私にしゃべらせたくないようです。最近はすごく忙しくなっていたので、また休みなさいということかもしれません。もしくは、テレビに出たり、新聞に載ったり、

〝いい気になるな!〟ということかも……。私は必ず復活しますから、今しばらくお時間を頂きます。私は病気になっても全然平気ですし、どんなことにもへこたれませんので、ご心配なきようお願いします。この世の中に病気がなかったら、医者はご飯が食べられませんし、ガンがなかったら地球上は人で溢れるでしょう。暑き折柄、皆さまにはご自愛くださいますように。

2010年7月31日　「ご心配をおかけしました」

励ましとお見舞いのメール、たくさんどうもありがとうございました。今日、朝から舌ガンの摘出術を受けました。手術室までは徒歩で向かいます。麻酔科の医者が左手の点滴を入れて、薬で手が痛くなったと思ったらもう夢の中でした。寝ている間にタン塩、じゃなくて舌ガンを取ってもらいました(これでみなさんもうタン塩食べたくないでしょ)。切除辺縁にガンはなく、治癒切除だと思っていい、とのことでした。

病室に戻って、痛みで覚醒したのが一〇時四〇分頃かな? だんだんはっきりしてきました。痛みの方も、ロビオン使ったら我慢できる程度の痛みになりました。一三時には酸素も外れたので、立ち上がってみました。すると、尿道カテーテルが痛い! 一応抜いてもらいましたが、さっき入れたばかりですぐ抜くのがこれまたかなり痛い。最初の排尿も痛い。

皆さまにはご心配をおかけしましたが、舌ガンからの復活第一章の始まりです。

2010年8月3日 「本当に休めと？」

今は舌があまり動かないのと、少し痛いので、うまくしゃべれません。今朝、主治医からは食べられるものは何を食べてもいいです、と言われました。固形物はまだ食べていませんが、流動食は完食しました。その他はまったく、日常生活動作に支障はありません。舌の運動、嚥下（飲み込むこと）、発声の練習を自分でやっています。パソコンの前でも、本を読みながらでも、練習を欠かさないので、きっと回復も早いでしょう。あと一日、二日で退院できそうです。

下咽頭ガン治癒のメドとなる五年まであと半年、手術から四年半で舌ガンが見つかりました。マラソンのゴールが見えたら、実はそこは折り返し点だった……そんな気分です。でも、走り続けること自体はそんなにイヤではありません。

でも、こんなに早く回復したのでは、神様から〝休みなさい〟と言われていない気もします。〝早く回復して、誰かのために役に立ちなさい〟と言われているのかも？（この考え方が、私の病気の〝本質〟という気がする）

2010年8月5日 「退院しました」

みなさんのご声援のおかげで、今日午前、退院しました。入院七日目、術後五日です。ガンが見つかってからまるまる一四日間で入院、手術、退院とめまぐるしい日々でした。帰宅途中の青空がいつもより青く見えたのは気のせいでしょうか？　猛暑日が爽やかに感じられたのは気のせいでしょうか？

まだ、うまくしゃべれませんが、発声可能になった日よりかなり進歩しました。今朝まで食べ物は三分粥のほぼ流動食でしたが、帰宅して固形物も試しました。舌の痛みで顔をゆがめながら食べましたが、茄子、オクラ、冷麺、豆腐、湯葉と時間はかかるものの、ほとんど食べられました。

さて、仕事をどうするか……。同僚はゆっくり休めと言いますが、休んでしまい、しゃべらなければ発声は向上しません。休めばガンにならないと保証されればいくらでも休みますが（自分では、二度あることは三度ある……と覚悟しています）

退院前日に病室から夕焼けを見ました。入院中は夕景を眺めながら、日暮れは毎日音楽を聴いていました。手前にゆりかもめの有明駅、真ん中にはレインボーブリッジ、宵の明星や左端には富士山のシルエットも見えます。

2010年9月8日「家康スペシャル」

お久しぶりです。今年は夏が終わりそうにないので、夏が本当に終わるまで家を出ないことにしました。今夜、待ちに待ったPRS家康スペシャルオーダーPrivate Stock ギターが届きました。

一度はオーダーしてみたい自分のPrivate Stock。たくさんのPrivate Stockを見た私は考えた。「誰も持っていないPrivate Stockを作りたい」。敢えて皆が好むPRS最大の特徴である美しい木目を、逆に生かさないPRSはどうか？　それならば、江戸時代の狩野派屏風絵や秀吉の茶室のように金箔でボディを覆ったらどうだろう……？　そこで金沢から、そのためだけに取り寄せた金箔二〇〇枚をアメリカのPRS社に送って二年半、ようやく製作を請け負うOKが出る。オーダーシートにサインして九カ月、トータル三年以上かけてボディを金箔で覆った、私だけのスペシャルPrivate Stockが完成した。

途中、ポール・マイルズが箔置きに試行錯誤する写真もアメリカから届いた。ネック、指板は、もうPRS本社にもストックがないという黒く木目の整ったBrazilian Rosewood（ハカランダ）を使用し、指板はRosewood Ltd.のTree of lifeを奢った。ボディトップはメイプル、バックはホンデュラス・マホガニーである。三つのP-90ピックアップ、ブリッジはピエゾを内蔵し、アームも持っている。日本の名ディーラー重浦氏と私とが考え得る最高のギターである。

残念なのはポール・リード・スミスが〝Ieyasu〟と書くべきところを〝Leyasu〟とサインしている部分だ。あちらでは、Ieyasuという名前自体、思いつかないのだろう。アメリカのギターショップの担当者に何度もI'm not Leyasu but Ieyasu.とメールしても、Hi! Leyasu.とメールが来るし、アメリカから到着したギターの宛名もLeyasuになっていた。しかし、Leyasuモデルの実機を見ては、これは朝まで寝られないわ。

2010年9月11日

「eiseiフェスティバルのお知らせ」

明日（一一日）は、病院の敬老イベント〝永生フェスティバル〟当日です。一四時三〇分からクリニックのフロアでコンサートを行います。第一部は私のギターにピアノ伴奏がついてクラシックを演奏します。

曲目は♪G線上のアリア（バッハ）、白鳥（サンサーンス）、威風堂々（エルガー）、アヴェ・マリア（グノー）の予定です。

第二部は、みなさんと唱歌を歌います。歌詞カードも用意しました。曲目は、荒城の月、もみじ、小さい秋見つけた、おぼろ月夜、椰子の実、この広い野原いっぱい、上を向いて歩こう、ふるさと、青い山脈、知床旅情、夏の思い出、赤とんぼ、風、星影のワルツ、瀬戸の花嫁、ペチカ。以上一六曲、全体で合計二〇曲です。リハーサル、個人練習と、ギターの弦で私の指先は割れそうです。一緒に歌いましょう！　ぜひ、お越しください。久々のコンサートで、明日はフロアが〝おばあさんズ〟で埋まると思います。

2010年9月14日　「約束は守った」

今年も永生フェスティバルが開催されました。今年で第三一回です。私も一九九三年から一〇回以上、フェスティバルに参加しました。例年、ギターを弾いて、会場のみなさんと一緒に歌うコンサート、という形式です。昨年はロックユニット活動が忙しくて参加できませんでしたが、やはり永生フェスは私の原点です。これからは、毎年必ず出演します。ユニットは、ピアノの西田裕子さんとリハ科部長の渡邊要一さんです。私のステージ衣裳はベロをちょん切った記念に、ストーンズのベロのTシャツです。

2010年10月2日　「ありがたいこと」

ちょっと前、九月二五日のことです。高校の同級生達から「アカギの退院祝いをするから岡山に帰れないか？」と連絡がありました。迷うことなく飛行機を予約し、岡山近郊の温泉旅館で一泊、深夜まで飲み会が行われました。六月に飲み会をした同じ温泉旅館です。

旅館に着いてビックリ。「歓迎・赤木先生の退院を祝う会」だって……。参加者の中に高校教師や専門学校の先生がいて、いわゆる「先生」と呼ばれる方が多いくらいなのに。同級生達と一緒に温泉に入り、何時間も話し続けました。宴会もエンドレスです。高校を卒業して三五年、病気に罹っても退院すれば「祝いで一緒に飲もう」と声をかけてくれる友人がいるのはありがたいことです。宴会の翌日は、実家の母に顔を見せて、お墓参りに行ってきました。実家には四時間くらいしかいなかった……。

2010年10月5日　「エッセイが掲載されました」

公益財団法人渋沢栄一記念財団が発行する「青淵《せいえん》」というすごく真面目な雑誌に、原稿を依頼されました。私のことを採り上げたNHKの番組を見た編集者が、「面白いお医者さんだ。原稿を依頼しよう」と思いつかれたようです。渋沢栄一は〝日本資本主義の父〟と呼ばれる偉い人みたいです。

趣味について書くよう言われ「ロックバンドに首ったけ」というタイトルで三二〇〇字を（締め切りがとっくに過ぎていたので）夜中の三時に書き上げ、翌朝校正して提出しました。ほかの執筆者が凄い人ばかりで、私は小さくなって恐縮しています。

SESSION Ⅵ
病気と患者をめぐって
（Around Disease）

病気とどうつき合うか

人はみな根本的には我が儘です。しかし、どんな時にもちゃんと前頭葉が働いて、理性を働かせるかどうかが人と動物の分かれ目です。我が儘を通すことが、自分のためになるかならないかを考えれば簡単なことです。ただ悲しいかな、無理を承知の我が儘が通れば、通ったなりに達成感や征服感があるのもまた事実です。医師としての経験からいって、患者にも我が儘を通そうとするタイプは多い。でも、我が儘が通らないことでイライラするくらいなら、やはり理性を働かせ、聞き分けの良い患者になった方が治癒は早いかもしれない。

人は病気になると、それが大きな病気であっても、たとえ取るに足らない病気であっても、または明らかに病気がない場合でさえも、不安を覚えます。不安になると、誰もが自分にとってもっとも良い結果や解釈を求めます。何かに救いを求めるのです。医師に対しても、自分にとってもっとも都合の良い説明を期待する人がいます。自分にとって都合の悪いことを指摘されたり、予期しない結果を告げられると狼狽するか逆上する人もいます。こういった際に、考えられないほど我が儘になる患者さんがいますね。事実を正確に受け止める理性と、良否にかかわらず結果を受け入れる覚悟は、患者さんを不必要な精神的混乱から救い出すはずですが、これがなかなかできないのも〝人間の性《さが》〟なのかも。

また、病気の原因や、どうしてこんな病気になったのかと、詳細な説明を求める患者さんもたくさんいます。でも、医師は神ではありませんし、哲学者でもありません。分からないことは分からない。医学ですべてが解明されるわけではないのです。そういう場合、私は「あなたがどうして生まれてきたのかが分からないのと同様に、どうして病気になったのかも誰にも分からないのです」と答えることもあります。

病後に医師として目覚める

漠然とした不安を、医師によって解決したがる患者さんもいます。自分と同じ年頃の、どこどこの誰とかさんが、こんな整形外科方面の病気になった。自分は今はなんでもないけれど、病気になったらどうしようかと思って来てみた。こんな場合も、医師によっては「お薬を出しておきましょう」「通院してください」といって当たり障りのない、当人が安心するような言葉をかけるという〝手当て〟をすることがあるかもしれません。

しかし、そういう時、私はできるだけ医学的に正確な診断を下し、「現状は問題ないので心配いらないと思います。今後、たとえあなたが病気になったとしても、私が全力で治療しますから安心してください」と言葉をかけます。すると、たいていの患者さんは納得し、安心して帰られます。

しかし、鬱傾向にある方は病気に対する不安が消えません。整形外科領域でも、心の痛みが体の症状となって現れる方が数多くいます。そういう場合には、医学的な鬱のスコアで正しく評価し、抗鬱剤を処方します。効果があれば治療を続け、増悪《ぞうあく》する場合は、専門医に紹介します。これだけで、痛みを訴えられていた多くの患者さんが改善され、喜ばれます。

自分が病気になる前は、専門の整形外科以外の勉強会に出ることなど考えもしませんでした。しかし、大きな病気を経験してみて、専門外の鬱病に関する勉強会に何度も出席したり、知り合いの心療内科医に詳しく質問したり、ということをするようになりました。そうしたことによって、体の痛みを訴えられる患者さんが、実は心の痛みが原因でそうなっていたことに気づくようになったのです。

病前の私は、整形外科治療の際に、一緒に不眠や風邪の治療を求めてくる患者さんに対し、「魚屋に野菜を買いに来ないでくれ。八百屋に魚を買いに来るな」など不見識にも木で鼻をくるように断っていたことを、ただただ恥じるのみです。

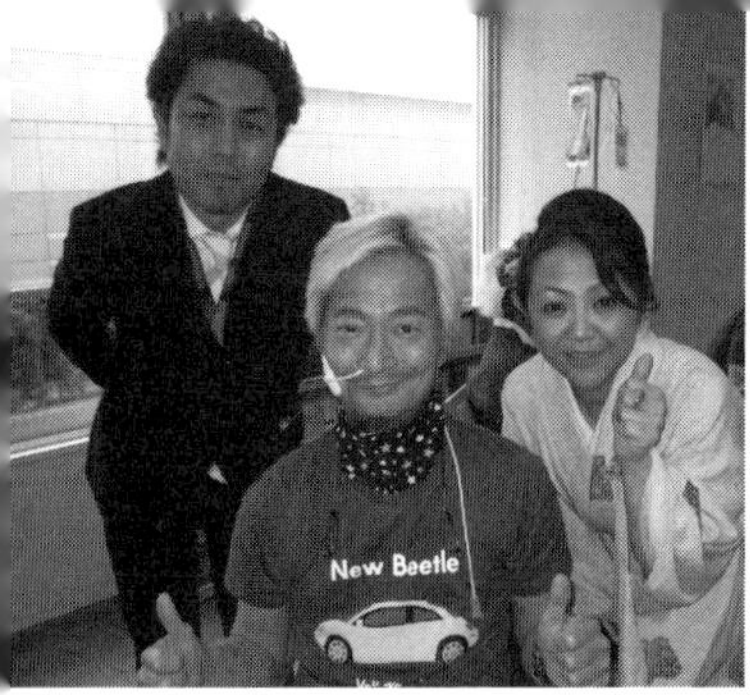

UNPLUGGED Ⅵ

ネバギバ日記
(Never Give Up Diary)

「泣いて、笑って、あきらめない」

2011年1月9日　「二カ月ぶりです」

一〇月二八日に日記を書いてから、もう二カ月以上経ちました。そうです、仕事が忙しかったのです。仕事の合間を縫って一二月三日から一一日まで、MISAO&Lutz Bohle夫妻に伴われドイツとフランスに行ってきました。初めてのヨーロッパ旅行でした。クリスマス・マーケットの美しく楽しい風景を堪能しました。一二月二二日には、下咽頭ガンを切除してちょうど五年目の日にクリスマスコンサートも開催しました。五年前はコンサートのポスターまで貼りながら、入院・手術のためにコンサートを開催できませんでした。

ところが一二月二〇日頃から、七月に舌ガンで切除した舌の奥の方が痛くなってきました。鎮痛剤を飲んで様子を見ていたのですが、ますます痛くなり、二六日に鏡で見ながら舌をゆっくり観察してみました。顔つきの悪い潰瘍があり、腫瘤に触れました。「あっ！　再発だ」とすぐに分かりました。専門外ながら再発を確信し、新年明けたら病院を受診することを川端先生に連絡しました。家族にも職場の同僚にも患者さんにも「再発かもしれない」と伝えました。

年末も慌ただしく過ぎました。新年を迎え帰省し、母や兄弟と会い、高校の同級生達と酒を飲み、そして仕事始めがありました。年末年始はいつもめまぐるしく過ぎます。そして七日に主治医の川端先生に診察して頂きました。詳細な診察の後、病理検査をしたところ、やはり舌ガンの再発でした。川端先生は福島先生をお呼びになられ再度十分な診察をした後、癌の部分切除や、大きく切除する方法の選択を含めて話し合いました。

私は「最も再々発の可能性が少ない方法でお願いします」と頼みました。七月の手術では切除縁にもガン細胞はなく、治癒切除だったので、再々発は避けたいです。川端先生は舌から歯茎、下顎骨を含め奥歯を二、三本切除する。欠損した部分には胸から血管付きで皮膚を移植する方針を説明してくださいました。頸から胸の大きな傷になります。しかし、奥歯や傷より命が大事ですから快諾しました。本当は前腕の皮膚を移植した方が舌には馴染みやすいのですが、指が動かしづらくなるということでした。

「私はギターを弾くので指が動かないと困ります」とお願いすると、「先生は外科医でもあるのだから、指の動きが制限されるのは困りますよね？」と川端先生に返されました。私はすでに外科医であることを忘れていたようです。自分が手術をする際に、指は自分の思い通りに動いて当たり前だと思い込んでいたのです。私の仕事はギター弾きか？

私は平静で落ち込んだり悲しんだりは全くしていませんでした。自ら医師として、再々発をなくすにはどうするのが一番いいかを客観的に考えていました。ただ粛々と手術を受けるのみで、むしろ自分が予定していた手術患者さんをどうするか、外来の予約患者さんをどうするか考えていました。

診察を受けた後は急いで永生病院に戻りました。私の診療開始予定時間から一時間遅れで戻りました。外来診療の待合室は予約患者さんで一杯でしたが、電車の中からメール連絡を入れたため同僚医師が私の代わりに診察を始めていてくれました。今村整形外科部長も外来で待っていて、私の手術予定患者さんの割り振りをテキパキと指示してくれていました。クリニックのナース、クラークもみんな私を助けてくれます。「先生は働き過ぎだから、病棟のことは心配しないでゆっくり治療してください」という言葉とともに次々ハグされ、みんなからいっぱい握手されました。

再発のわかった一月七日は私にとって嫌な日ではなく、多幸感に包まれる日となりました。川端先生は直ちに細胞診をしてくださり、その日のうちに術前検査、CTスキャン、負荷心電図とすべて行ってくださいました。永生病院に戻れば同僚医師達は私を助けてくれ、ナースも事務職員達も売店のおばちゃんまでみんな心配して私のことを気遣ってくれます。こんな幸せな奴がいるでしょうか?

「なんで私がガンに!」と言う人がよくいます。しかし、ガンは日本人の二分の一が一生のうちに罹り、三分の一がガンで死にます。再発や転移するからガンなのです。もしガンになる人がいなければ「がんセンター」も「がん研病院」も要りません。ガンが命にかかわる難しい病気だからこそ、それと闘う専門医がいるわけです。治療の甲斐無く、若くしてガンで亡くなる方もたくさんいらっしゃいます。

もし、だれも病気になる人がいなければ私の仕事もありません。私は病者を治療することを生業《なりわい》としているのです。医者だから自分だけは病気にならない……なんて虫のいいことは考えません。病気になる人がいなければ、亡くなる人がいなければ、地球は人であふれてしまいます。

ガンは自分を見つめ直す機会を与えてくれるし、仮にガンで死ぬとしてもその死の時まで時間をくれます。とてもありがたい病気だと、私は思っています。世界中の国では、今この時でも戦争でたくさんの人が死んでいるのです。地雷を踏んで一瞬で死んでしまう子供や、一発の銃弾で体を射貫かれ死んでいく若い兵士達。飢餓や環境の悪さから亡くなる子供達。今の日本は、平和ボケ、健康ボケの人たちであふれています。六五年前には二〇歳に満たない少年達が戦い死んでいきました。それに比べれば今の日本はなんて幸せなことか。私は幸せに包まれながら、病気と闘っていきます。

2011年1月20日 「手術後一週間になりました」

あっという間に、もう術後一週間になります。一三日に手術を受け、術後二日間はＩＣ

Uシンドロームで精神的に不安定になり辛かったですが、今は大変元気になりました。最多一五本繋がれていた管や電極（末梢静脈二本、動脈一本、経鼻カテーテル、尿道カテーテル、排液ドレーン六本！、心電図電極三本、02Sat．一本）も、今は経鼻カテーテル一本だけです。鼻に管入れてスタコラサッサと歩いています。

手術は右の舌を四分の一、下顎骨を奥歯三本と全部ひと塊りで合わせて取りました。取ったところに胸の皮膚を筋肉ごと口まで、首を通って持ち上げます（医学的には大胸筋皮弁と言います）。傷は右耳の後ろからヘソの上まで、途中で支線が分かれて顎の下を横断して五〇センチ以上あります。右胸だけぺちゃんこで乳頭が一〇センチぐらい上に持ちあがりました。普通の人なら顔をそむけたくなる方もいらっしゃるかと思いますが、私は治療を受けるため、生きるためにそうするしかありません。

またみなさんにお会いしたい、仕事に復帰してもう一度患者さんのお役に立ちたい、ギターも弾きたい、あれもしたいこれもしたいという希望がなかったら、こんな辛い治療は受けたくありません。自分を待っていてくれる私の患者さんや、自分を助けてくれる仲間達、職場の方々、自分の家族がいて、そのうえ全力で治療してくれる病院の医療スタッフがいるのですから、私は最強のガン戦士です。五年で三度目のガンも何でもありません。

痛みはまだ多少ありますが、痛みに負けず毎日廊下をたくさん歩いています。それは失われた体力を取り戻し、未来に進むためです。廊下を歩く一歩一歩に未来への道を感じながら歩いています。口の中に移植した皮弁の安静を保つためまだ食べられませんし、鼻の管のためしゃべれませんが、あと一週間ぐらいで管が抜けると思います。そうしたら、またしゃべれるようになると思います。私は毎日、元気に治療を受けておりますのでご安心ください。退院は、二月上旬頃のようです。

今日は娘の一九回目の誕生日。彼女の一四回目の誕生日の時も同じ病室にいました。

2011年1月24日 「管が全部抜けました」

手術後一一日目になりました。鼻の管も抜けて自由になりました。一二日ぶりの経口食は、お昼に流動食が出ましたが飲み込むだけなので何とか完食しました。ところが、夕食に五分粥にアップしたらぜんぜん食べられません。歯は三分の一無いし、舌も少ないし、舌や唇の知覚もないし……舌や唇をかみ切ってしまい、口の中を血まみれにしながらお粥だけは食べました。おかずは一割も食べられませんでした。意外なところに伏兵がいました。しかし、ゆっくりとねじ伏せます。

初場所を終えた日馬富士関が、花を持って見舞いに来てくれました。

2011年1月28日 「手術後二週間経過し、元気です」

手術から二週間が過ぎました。一日三回以上の歩行訓練と、ストレッチ、スクワット（太腿が筋肉痛！）、院内ジョギングで体力的には術前の状態を完全に越えました。入院前より、よっぽど体調がいいです。以前は、運動する暇があれば仕事をするか酒を飲んでいましたから。

入院中は、夜は遅くとも一一時には眠り、六時に起きています。酒は肉体的依存性より、精神的依存性が強いようですね。酒を飲まなくても全く平気です。たばこもそうだと思います。私は長年のたばこと酒で、五年間に三回のガンになりましたが、後悔するのでなく、自らへの戒めとしてこれからの人生に役立てたいと思います。

昨日は電車で自宅まで外出。駅の階段も全く平気でした。抜糸が来週月曜日、そのあと退院できそうです。食事は大変です。舌が四分の一、右下の臼歯が無くなったので、キザミ食を噛んで食べるのに一時間です！　また、舌や唇に知覚がないために自分の歯で舌や唇を噛んでしまい、舌や唇から血を流しながら食べています。ミキサー食は飲み込めばいいのですぐ食べられますが、歯で噛む練習にはならないので、無理してでもキザミ食を食べています。発声もまだダメです。かすれて声になりません。気長に練習するしかないでしょう。

私ももう五三歳ですからいつ死んでもおかしくないし、もちろん死を怖れはしません。死ぬ準備もそろそろ始めなくてはと思うのですが、どうも生への執着が強いようです。人は一度生まれて、一度必ず死にます。かつて死ななかった人は一人もいません。同級生や幼なじみもすでに何人か旅立ちました。ただ、死を考えても考えなくても死ぬ時は必ず来ますから、生きているうちに何ができるかを考えて、死ぬ時まで一生懸命進みたいと思います。やりたいことがたくさんあって死んでいるひまがありません。

2011年2月1日 「今日退院しました」

舌ガン再手術ではご心配をおかけしましたが、おかげさまで今日無事に退院できました。娑婆はすごく寒いですね。散歩をかねてとげ抜き地蔵さまにお参りしましたが、凍えてしまいます。これでも今日は暖かいのだそうですね。普通は入院が一カ月以上かかるそうですが、経過が良くてちょうど三週間で退院できました。看護師も退院が早いと驚いていました。

入院中は食事が苦痛でしたが、家に帰ると栄養剤を飲みながらですが、ある程度食べられました。食べないと生きていけませんから、美味しいとは思えませんがしょうがないので必死で噛んでいます。まだ上手くしゃべれませんが、頑張って練習します。声の出し方を忘れてしまいました。せっかく三週間お酒と縁が切れたので、できるところまで禁酒してみます。

2011年3月1日　「三月になりました」

寒暖の差が激しく、不安定な気候が続きます。今年ももう三月ですね。新年早々から大変なことがあり、一月を病院で過ごしてしまいました。今までの不健康な暮らしぶりを一掃して、時間があれば散歩、ジョギングしています。高校生以来、一番たくさん歩いて、たくさん走っています。お酒も止めて四八日になりました。二〇代から数えて、こんなに長く酒を飲まなかったのは初めてです。願掛けで百日まで断酒してみます。

梅の季節も終わりに近づき、今年も桜が待たれます。福寿草も可憐です。一月一三日の手術から一月半経ちましたが、おかげさまで発声も食事もかなりできるようになりました。久しぶりに顔を出した永生病院のみなさんには「前より若返った」と言っていただいていますが、運動と断酒、節制のおかげでしょう。手術後二カ月の三月一四日月曜から外来診療を再開したいと思います。自分の発声リハビリを兼ねての外来診療です。春の訪れとともに、ぼちぼちやります。

2011年3月7日「旧友の見舞い」

先日二日に三〇年来の友人、伊丹由宇氏と保科好宏氏が見舞いに来てくれました。保科氏は私を元気づけるために（私がこんなに元気だとは思わずに）、一九八八年に開催されたダイアナ妃チャリティコンサートの秘蔵のスタッフ限定集合写真を見舞いに持参してくれました。レディ・ダイアナやチャールズ皇太子、エリック・クラプトン、フィル・コリンズ、クイーンのブライアン・メイ、ロジャー・ディーコン、ビージーズ、リック・アストリーなどが集合した写真です。写真に写っている関係者の誰かから流出したもののようです。

2011年3月16日「春はもうすぐ」

皆さまに地震のお見舞いを申し上げます。毎日、地震の悲惨な状況がニュースで報じられています。地震で被害を受けた方が、一刻も早く立ち直られるようお祈り致します。また地震、津波で亡くなられた皆さまのご冥福を心からお祈り致します。

三月一一日、私は永生病院に勤務する前、一九九六年から九九年まで四年間働いていた板橋区医師会病院にご挨拶に伺っていました。永生病院に移って一〇年以上経つのに、私の病気に対してたくさんのお見舞いと、励ましを頂いたお礼に行きました。車で所用を済ませて、帰宅する途中で地震に遭遇しました。走行中、急に道路脇の家からたくさんの人が飛び出してきて、「どうしたのだろう?」と思った瞬間、街が大きく揺れ始めました。ハザードランプを点けて車を停めたら、目の前の建物から外壁がバラバラ落ちてきました。そこはあまりに危ないのでゆっくり車を走らせ、文京高校の校門前で地震が収まるのを待ちました。

周囲の建物がギシギシと軋みながら揺れて、電信柱や街灯はバネのようにしなっています。停車している車が左右にグラングラン揺れるのです。まるでジュラシック・パークの恐竜に揺すられているような状態です。今まで経験したことがないほどの大変な恐怖を感じました。地震でこんな恐怖感を覚えたのは初めての経験です。細い道を避けてゆっくり自宅へと帰り着きました。自宅では背の高いワインの瓶が倒れて割れたり、物が落ちたりしていましたが、大きなダメージはありませんでした。地下室のギターたちも無事でした。

それからはみなさんご存じの通りです。地震から二、三日経つと、都内でもガソリンが無くなり、水やカップ麺、電池などが買い占められて店頭から消えました。被災地の惨状を見てプチパニックを起こしたのでしょうね。一九七〇年代オイルショック時の買い占めを思い出しました。たぶん、数日から数週で終熄するでしょう。

平和ボケしてしまった私たち今の日本人に、大自然は地震と大津波という大変大きな一撃を与えました。「今あることの幸せ」を忘れ、なんでも「あることが当たり前」の日本に馴れすぎていたのではないでしょうか。水道の蛇口をひねればいつでも綺麗な水が流れ、コンセントからは安定して電気が得られ、電車は時間通りに走り、店には必要以上の食べ物があふれていました。一〇〇〇年に一度、前回は平安時代に起きた地震と大津波に用心して現在を暮らすのはとても無理だと思います。

病気も予兆無く突然に訪れます。いつ、何が起きてもいいように、死ぬ時まで全力で生きたいと思います。地震の前日、文京シビックセンター展望台から富士山、筑波山、スカイツリーを眺めました。翌日にこんな大惨事が起きるとは予想もしませんでしたが。

2011年3月22日 「お見舞いはすべて義捐金に寄付しました」

今年一月の舌ガン再発による手術の際には、たくさんの方から励まし、お見舞いを頂きどうもありがとうございました。術後二カ月が経過し、三月一四日から外来診療を再開しました。そろそろお見舞いのお返しをしなくては……と思っていたところに、この東日本大震災です。みなさんに頂いたお見舞い金はすべて、日本赤十字社を通じて義捐金に寄付させていただきました。地震で亡くなられた方のご冥福と、被害を受けられたみなさんの復興をお祈りします。

2011年4月3日

「チャリティコンサートのお知らせ」

東日本大震災に向けて、復興チャリティコンサートを開催します。
日時：四月一六日（土）一七時開始
場所：永生クリニック・フロア
参加費：五〇〇円（日本赤十字社を通じ、すべて震災義捐金に寄付致します）
出演者：赤木家康、西田裕子、渡邊要一、岩谷清一
曲目
赤木家康ソロ：放課後の音楽室、禁じられた遊び、モルダウ（スメタナ）、「無伴奏チェロ組曲第一番」より〝プレリュード〟
西田裕子、赤木家康：G線上のアリア、白鳥、アヴェ・マリア（グノー）、星に願いを
四人で：四季の歌、みかんの花咲く丘、花、バラが咲いた、森へ行きましょう、若者たち、大きな古時計、上を向いて歩こう、おぼろ月夜、夜空のムコウ、その他
（歌詞カードをお配りしますので、一緒に歌いましょう）
ぜひ、ご参加ください。

2011年4月17日

「チャリティコンサート大盛況でした」

昨日、〝東日本大震災復興支援チャリティコンサート〟にお越し頂いたマイミクの皆さま、どうもありがとうございました。おかげさまで二〇〇人近くの方にお越し頂き、大盛況でした。クリニックの広いフロアが、お客様で埋まってしまいました。唱歌を一緒に歌ってくださるみなさんの大きな声で、私は勇気と力を頂きました。

義捐金は月曜日には集計を終え、日本赤十字社を通じて寄付を行い、ご報告致します。ご挨拶できませんでしたが、お越し頂いたマイミクのみなさまに心から感謝致します。

2011年4月18日

「義捐金四三万二〇八〇円集まりました！！！」

四月一六日のチャリティコンサート義捐金が、四三万二〇八〇円集まりました。ご寄付を頂いた皆さまのお心に厚く感謝致します。全額を日本赤十字社に寄付させて頂きました。

2011年4月28日

「金光学園H28『赤木にエールを送る会』」

金光学園H28『赤木にエールを送る会』が、四月二三日、岡山市「モビーディック」にて開催されました。岡山市近辺に在住の同級生が、二〇人も集まってくれました。遠くは京都、広島からも来てくれました。すごく盛り上がり、みんな酔っぱらってグラスを何個も壊したり、大騒ぎでした。店長さんごめんなさい。

みなさんに大きな力をいただきました。頑張ります！　久しぶりに顎が痛くなるほど笑いました。何人も終電までつき合ってくれました。幹事でマイミクの水井君ありがとう。

東京に戻ったら、お饅頭屋さんの小川さんが焼いてくれたお饅頭とせんべいが着きました。私の手術日には、岡山で祈っていてくれるそうです。本当に、本当に私は幸せ者です。

2011年5月2日　「がんばろうニッポン！」

大震災以来、自粛、自粛ムードの四月でした。何かあると、すぐに〝不謹慎〟だって。そんな暗い気持ちを吹き飛ばそうと、チャリティに名を借りて春のコンサートを四月一六日開催しました。本当は、患者さん達の暗い気持ちを吹き飛ばし、励ますために企画しました。たくさんの方が集まってくださり、私たちの音楽を聴き、そして一緒に歌ってくれました。八王子のケーブルテレビでも、その模様が放送されました。永生クリニックのフロアをびっしり埋める多くのお客様でした。

ソロギターって難しい！　緊張して詰まってしまいました、お恥ずかしい。西田裕子ちゃんとはクラシック曲に挑戦。みなさんが参加して、一緒に歌っています。岩谷清一君とIshall be released とStand by me をやりました。唱歌の第二弾、お客さんの一人から「みんな立ち上がって一緒に歌おう！」と声がかかり、アンコールの声がかかるほど盛り上がりました。お越し頂いた皆さまに心から感謝致します。

2011年5月4日 「永生病院療養病棟・春のコンサート」

永生病院には療養型病床という病棟があります。これは急いで何らかの治療を行うという急性期病棟（整形外科など）ではなく、一定の医学的管理を必要としつつ、在宅が困難な患者さんが入院される病棟です。多くは、認知症の患者さんや難病の患者さんです。

療養型の患者さんたちのアメニティのために、年に何回かコンサートを開催しています。今回は、私が四つ目のガンを宣告された四月二〇日の翌日、二一日に行いました。ポスターまで製作されて、なかなか本格的です。患者さん達も楽しみにしてくださっていたようです。病棟のホールをコンサート会場にしています。

四月二二日にも、永生会の老人健康施設「イマジン」で同様のコンサートを開きました。できる限りミクシィに日記を掲載しようと思います。そうすれば電子データとして残るのではないか、私の生きた証しとして、epitaphとして残ってくれるのではないかと期待して。

2011年5月31日 「もう六月……」

五月はめまぐるしく過ぎていきました。昨年七月に舌ガン（右側）が見つかり、摘出手術。術後二週間で職場復帰。さらに、今年一月に舌ガン再発し（右奥）、広範囲切除・大胸筋皮弁移植を受けました。術後二カ月の三月半ばから職場復帰しました。

ところがその一カ月後、四月一三日に舌根部ガン（左側）が発症しました。三月の定期検診では全く何もなかったところに、わずか一カ月でガンができていました。そのうえ、上部消化管内視鏡検査で二つの食道ガンまで見つかりました。九カ月の間に五つのガンができました。五年前の下部咽頭ガンを入れれば六つ目です。

あまりの事実に、皆さんにお伝えすることがはばかられてしまいました。ということで、五月一二日に川端先生により舌根部ガンと上側の食道ガンの摘出手術を受けました。これによって、またまた声を失いました。舌もほとんど動かず、今後は食事も制限され、発声も難しいだろう、ということでした。

術後の痛みも乗り越え、順調に経過・推移するものと信じていました。しかし、五月二五日（術後二週）の消化管造影検査で食道の癒合不全が見つかり、食道から漏れた造影剤が気管へ流れ込んでいました。つまり、気管・食道瘻となってしまったのです。食事の再開も見送られ、またもや経鼻カテーテルからの栄養摂取です。もう二〇日も口からは飲み食いしていませんし、早々に経口摂取が可能になるような状況にもありません。食道の癒合不全が解消しないと、残った下側の食道ガンにも手が出せません。食道の癒合不全は潰瘍部分が大きくなっている模様で、再度縫合などの処置が必要なようです。

手術は全例が良好な経過をたどるわけではありません。期せずして不良な経過をたどる場合や合併症を併発する場合があるということを、私は外科医として知っています。手術はうまくいけば魔法のように治癒し、不幸な経過をたどれば泥沼にはまることがあります。だから手術は諸刃の剣なのです。

私は、自分に対する手術の経過が悪くても、驚きも嘆きもしません。ただひたすら、治癒を待つだけです。体も元気ですし、心も元気です。焦らずにのんびり入院・治療生活を送りたいと思います。

2011年6月15日 「縫って、開いて、また縫って……」

六月も半ば、術後三四日です。入院後三七日です。癒合不全の瘻孔《ろうこう》を六月六日に縫合してもらったのですが、数日でまた開いてしまいました。一二日に再度縫合しましたが、また開いていてくっついていないようです。一〇カ月で五つの新たなガンが発生し、取っても取ってもまたガンができてくる。術後経過も悪い。下咽頭ガンで失った声も一度は取り戻しましたが、再び声を失い、今後発声は無理のようです。

神は私に何を教え、何をさせようとしているのでしょうか？　六年前に下咽頭ガンの苦しみを克服して復職しただけでは足りないのでしょうか？　二度の舌ガン手術を乗り越えただけでは、まだまだダメでしょうか？　二度も声を失い、声がなくて復職できるでしょうか？　それなら、私はすべてのガンを乗り越えて生き残り、iPadで筆談し、MacBookの発声で職場に戻ってみせましょう。私が病に打ち克ち、病を乗り越え、復活する人間の強さを皆さんにお見せしましょう。

2011年6月23日 「術後六週です」

もう六月二三日、あっという間に術後六週です。入院も一カ月半になりました。相変わらず気管・食道瘻《ろう》は癒合せず、唾液が気管に漏れて時々咳き込みます。良くない病状に苦悩することはありますが、焦りもせず、戦いの日々は続きます。自分の信じた病院で、自分の信じた医師に治療を受けていながら、運命を呪うような愚かしいことはできません。

今日は予告なく、私の患者さんがお見舞いに来てくださいました。以前、左肩の人工関節の手術をした八〇歳の患者さんです。右肩も痛いというのでその時に手術を勧めましたが、手術しないでしばらく様子を見たいということでした。

その患者さんはお見舞いに来るなり「今日は、先生に右肩の手術をお願いしに来た」というのです。現在の私は入院中の身で、四つめ、五つめのガンを取り除き、六つめと戦おうとしているガン患者です。しかし、医師としての復帰を強く願う患者さんがいることは、どれだけ励みになることでしょう。乗り越えた苦難は喜びに変わります。今日という日が、また医師として再び立ち上がるきっかけの日になれば嬉しいです。

今年は堀切の菖蒲も、飛鳥山の紫陽花も見に行けませんでした。朝顔市やほおずき市には行かれるでしょうか?

2011年6月27日 「入院中、外出しました」

入院も五〇日になります。ただ、癒合不全の食道がくっつくのをひたすら待っています。一日に一度、川端先生と福島先生がキズの具合を見にきてくださいます。看護師が、朝夕血圧と体温を測ります。朝七時半、昼一二時、夕六時に経管栄養を繋ぎにきます。ただただ、その繰り返しです。気分転換に病院から外出。お出かけ先は、病院の近くで開催されたTOKYO GUITAR SHOW。そこで見かけたPRS Private Stock #2385 Mc Carty Shell Topは、売価三四八万円ですって!?

病気については、今週あたり新しい展開を期待しています。秘策があります。

2011年6月30日 「秘策成功です」

起死回生の秘策大成功です。手術合併症の気管・食道瘻（気管と食道が繋がり、孔が空いてキズが閉じない状態）の治癒、閉鎖を術後七週間も待っていました。傷口はなかなか閉鎖せず、まだまだ時間を要するように思えたので、その孔（瘻孔）に人工声帯のプロヴォックスを入れてはどうかと川端先生に提案してみました。川端先生は「入れられるかもしれない」、「逆転の発想ですね！」と受け入れてくださり、肉芽が落ち着いた今日、福島先生がプロヴォックスを挿入してくれました。今のところ漏れもなく、もう出ないだろうといわれた声も少し出ます。

五〇日ぶりに口から食事をしました。流動食を飲み込むのに、一時間もかかりました。ゆっくり慣らしていきます。経鼻カテーテルともおさらばです。うまくいって漏れがなければ、来週退院です。でも、もう一つ食道ガンが残っているので、再度入院しなくてはなりませんが……。

術前は、もう発声は無理といわれていましたが（舌は動かないので発語は明瞭でなく、実用的ではありませんが）とりあえず発声はできるようになりました。瘻孔の閉鎖を待たずに五〇日ぶりに食事が開始できる、上部消化管内視鏡検査を受けられる、という状態になりました。これもプロヴォックス効果のおかげ、と言えそうです。

まだどんな合併症がおこるか分かりませんが、六月六日（大安！）にいったん頭頸外科を退院します。それから内視鏡検査を受け、消化器内科で内視鏡的粘膜切除術（EMR）となるか？　粘膜下層剝離術（ESD）となるか？　あるいは、化学放射線療法（抗ガン剤と放射線治療を併用）か、外科的治療（内視鏡手術で食道摘出）かを決めたうえで再入院です。食道ガンは四月終わりには0期（初期ガン）だったので、二カ月の間に進んでいないといいけど。できれば、内視鏡的粘膜切除術（EMR）または（ESD）でガンを片付けたいところです。

2011年7月10日 「ほおずき市」

もう一つ残った食道ガン治療までのひととき、五八日間の入院を終えて、現在自宅待機中です。昨日は、浅草寺に四万六千日の御利益があるということで、お参りがてらほおずき市に行ってきました。めちゃくちゃ暑かったです。

引いたおみくじは小吉でした。表には「病人本ぶくすべし」と書いてあります。「本復す」というのは、元のように治るということのようです。裏には「病気／治るでしょう」と書いてあります。これだけ自信を持たされれば、きっと治るでしょう。

ちなみに、入院前に巣鴨のとげ抜き地蔵さまにお参りし、引いたおみくじは〝第一番大吉〟でした。〔病気〕心静かに療養せよ必ず全快す、医薬を頼み信仰せよ、長引くとも安心すべし……。今回の入院を予見するようなおみくじでした。

術前に川端先生からは、もう流動食しか食べられなくなるかもしれないと宣告されました。そのため、今回退院で帰宅してからも、スープやお粥、経口栄養剤で栄養を摂っていました。しかし、昨日は外食にいったら、アボガドサラダとか肉とか刺身とか鮎とか、柔らかいものは苦労しながらもなんとか食べられました。舌が動かないので、口の中の食べ物を頭を振って移動させます。本当に私は打たれ強いです。

2011年7月26日「五四歳になりました」

昨年七月の誕生日を迎える頃に、左の舌ガンが見つかりました。二〇〇五年一二月の下咽頭ガン手術から四年半のことでした。組織型は下咽頭ガンと同じ扁平上皮ガンでした。初期ガンであったため部分切除を受け、二週間で退院し、早々に職場にも復帰しました。ところが、一二月には切除した辺縁から舌ガンが再発しました。今年一月に広範囲切除を受け、右下の奥歯三本とともに大きく切除し、切除で欠損した部分には右の胸筋肉を、口の中に移植しました。三週間の入院でしたが、歯が無く、舌も小さくなったため食べ物が食べづらくなり、発声能力も大きく低下しました。

退院後は百日間禁酒してリハビリに励みました。規則正しい生活を心がけ、毎日の散歩も欠かしませんでした。術後二カ月の三月一四日から仕事を再開しましたが、喉の奥に何か痛みがあり、川端先生にお話しし、先生も詳しく診て、組織検査までしてくださいましたが、その時点では何もない……ということでした。

ところが一カ月後の四月一三日、予定していたCT撮影と内視鏡検査を受けると、先月は何もなかったところに腫瘍ができていました。組織検査でもガン細胞が見つかりました。川端先生も「取っても、取っても出てきますね」と半ばあきらめ顔だったのを覚えています。しかし、ガンを取らなければ命は一年持たないと宣告されては、無理を押して切除をお願いするしかありません。

念のために〝兄弟ガン〟といわれ、合併することが多い食道ガンの内視鏡検査もしておきましょう、と言われ、四月三〇日に内視鏡検査を受けました。鎮静剤を使ってウトウトしながらの検査でしたが、太いファイバースコープが中咽頭の腫瘍に邪魔されて入らず、細いスコープに急遽換えていました。私は、検査医師が「Ⅱのcだね……」と呟くのを聴き逃しませんでした。「Ⅱのc」つまりガンだということです。それも食道には二つもガンがありました。

川端先生に手術をお願いしたところ、五月一二日に中咽頭ガンと上の食道ガンを同時に切除しようということでした。これによって、シャント発声はできなくなること、舌根部を切除すると舌が動かなくなるので、構音は困難になり食事も流動食になると告げられました。しかし、どんな後遺障害も命には替えられません。手術をお願いするしかありませんでした。

舌根部の腫瘍を大きく切り取って、食道を部分的に切除し、今度は左胸の筋肉を移植しました。私の胸には、左右とも縦に腹まで続く大きな創ができました。さらに植皮が必要なため、左大腿部に採皮痕ができました。手術も五回目になると痛みにも慣れて「こんなものだろう」と耐えることができました。

順調な術後経過をたどったわけではなく、早ければ三週間から一カ月と言われていた入院期間は二カ月近くに及びました。七月六日に頭頸科での治療を終えて、なんとか退院することができました。

この一年間、私は五つの癌と絶え間なく戦い続けました。今日私は誕生日を迎え、午後はCTスキャンと内視鏡検査を受けて、もう一つ残った食道ガンをどうするかという評価を受けます。今日の検査がどんな結果になろうと、私は動じません。できてしまったガンとは闘っていくしかないのです。戦いを止めた時点で命の終わりが見えてくるのですから、私は戦います。決してあきらめません。

私を支えてくださり、応援してくださった方々に、また一歳、年を重ねられたことのお礼を申し上げたいと思います。皆さんのおかげで一〇カ月に五つのガンにも、一度としてめげることなく戦い続けることができました。なでしこジャパンは、優勝して日本人に感動と勇気をもたらしてくれました。友達である大関日馬富士関も、優勝してファンにパワーを与えました。私はいくつものガンと戦って、勝ち残り生き延びることで、誰かの力になれればいいと思います。

2011年9月12日 「永生フェスティバル」

今日は永生フェスティバルの私たちのコンサートに、二八〇人ものお客さんがお越しいただきました。八王子のみならず、埼玉や都内からもたくさんの方にお越しいただきました。百人近い方と握手し、たくさんの方にハグしていただきました。

これから、あと一つ残った食道ガンの内視鏡手術を受けます。今日は私がみなさんに力を頂いたコンサートでした。今まで頑張ってきてよかった！　これからも全力でガンと戦い、必ず生き残ります。どうもありがとうございました。

2011年10月1日 「また一つの戦いが終わった」

やっと六つ目のガンと戦い終えました。発見から五カ月、途中に他の癌を治療しながら、長く厳しい戦いでした。この一五カ月で五つのガンと戦ったのです。六年間で六つのガンと戦ったのです。長い長い戦いでした。決して私からガンに戦いを挑んだわけではありません。スポーツ選手のように、困難によって成長するために困難を創り出したわけではありません。登山家のようにあえて険しいルートを自ら選択したわけでも、修行僧のように修業のために艱難辛苦を望んだわけでもないのです。

私は自分でガンに喧嘩を売ったわけでも、ガン治療の記録を目指したわけでもなく、戦わないと自分の命が無くなるので、やむなく戦っただけなのです。自分の命の中ではガンと戦うことが最善の方法と考えたからです。誰かのために戦ったのではなく、自分だけのために戦ったのです。

この六年間で私の体には、合計すると自分の身長をはるかに超える長い、大きな傷跡が出来ました。しかし、これは私にとってガンとの戦いの名誉の傷跡です。不必要な傷は一ミリもありません。両方の手のひらを合わせたほどの皮膚を移植しました。頸や大腿に残る植皮の痕は、戦った私に与えられた勲章です。すべては私が生き残るために必要な傷だったのです。これでガンとの戦いが終わるのか、まだまだ続くのか誰にもわかりません。

二度にわたって声を失った私は、これからも一生ハンディキャップと戦っていかなくてはなりません。しかし、こんなことは何でもありません。失ったものよりもっともっとたくさんの大きなものを得て、多くのことを知りました。そして、私の中に困難に立ち向かうことのできる力が備わりました。私と同じように誰もがガンと前向きに戦えるわけではないと思います。困難や苦悩や不幸を嘆くかもしれません。しかし、戦いに挫けそうな人が私の話を少しでも思い出し、少しでも力を出してくだされば、私にとってたいへん幸甚です。

あとがき

私は今まで六つものガンと戦ってきました。しかしその一度として自分の身に降りかかった病を悔やむことなく、明るく病気と戦ってきました。この書を読まれた方は「なぜそんなに病と戦えるのか?」と疑問に思われるに違いありません。

私が自分自身を客観視すると、それは「自己愛（ナルシシズム）」によって、次々と襲い来る癌と戦ったのだと考えます。ナルシシズムといえば自己の容貌や肉体に異常なまでの愛着を感じたり、自分自身を性的な対象とみなす病的な状態を言います。ナルシシズムを呈する人をナルシシスト（narcissist）と言い、我が国では「うぬぼれ」「耽美」といったニュアンスで使われることが多いようです。

Wikipediaによると以下のごとく、ナルシシズムは人格形成期の六カ月から六歳でみられる一次性のものと、思春期から青年にみられる二次性のものがあるとのことです。

「一次性のナルシシズムは人格形成期の六カ月から六歳でしばしばみられ、発達の分離個体化期において避けられない痛みや恐怖から自己を守るための働きである。

二次性のナルシシズムは病的な状態であって、思春期から成年にみられる、自己への陶酔と執着が他者の排除に至る思考パターンである。二次性ナルシシズムの特徴として、社会的地位や目標の達成により自分の満足と周囲の注目を得ようとすること、自慢、他人の感情に鈍感で感情移入が少ないこと、日常生活における自分の役割について過剰に他人に依存すること、が挙げられる。二次性ナルシシズムは自己愛性人格障害の核となる、ナルシシズムという語はフロイトの心理学において初めて使われた。語の由来はギリシア神話に登場するナルキッソス（Narcissus、フランス語ではナルシスNarcisse）である。ナルキッソスはギリシアの美しい青年で、エコーというニンフの求愛を拒んだ罰として、水たまりに映った自分の姿に恋するという呪いを受けた。彼はどうしても想いを遂げることができないので、やつれ果てた挙句スイセン（narcissus）の花になってしまった」と記されています。

私は左利きの矯正のため、幼児期に何度か避けられない痛みや（今で言えばDVのような）恐怖を感じた記憶が明らかにあります。隣家の火事を目の当たりにしたり、火事による友人の死という恐怖も経験しました。また幼児期の数カ月を不整脈の精査……治療で大学病院の小児科病棟で過ごしました。これも当時は大きな恐怖、ストレスであったことに間違いはありません。これが私の自己愛の原因でしょうか？　二次性ナルシシズムにも病的な状態がいくつも記されていますが、プラスに働くナルシシズムも存在するのではないかと私は考えます。

つまり一つしかない自分の体を愛するゆえ、どうにかしてガンを治して生きながらえようとするのです。手術を大小含めて六回受け、顔面照射を含む三〇回の放射線治療や三剤併用の抗ガン剤治療も二度受けました。そのおかげで声を失い、体にいくつもの大きな創跡や大きな機能障害を残しながらも生きています。

絶対諦めないと口で言うのは易しいですが、実行するのは難しいことです。五年間で六つも（一年で五つも）癌になれば自分の体を呪う人もいるかもしれません。母は私をこんな体に生んで申し訳ないと言います。しかし私は母に感謝こそすれ、病気のことで一度も自分の体を呪ったことはありません。また成人してからは（葛藤もありましたが）自分の人生も呪ったことはありませんでした。自分の体や自分の人生を自分自身が祝福しないで人はどうして生きていかれるでしょうか。自分の代わりに自分の人生を演じられる人は誰もいないのです。自分自身の体はかけがえなく、代理不可能なのです。

よく「与えられた人生で……」という表現をしますが、私は人生や生命は与えられたものではなく、その人が持っているものであり、その人の使いようで大きく変わるものだと実感しています。人生は生きている時に行わなくては、死んでしまってから自分の人生を行うことはできません。一度しかない私の人生が私に「何がしたい？　何が出来る？」と問うのです。人生は一度しかない上に、一日一日、一瞬一瞬は一度きりなのです。

私は死後の評価は望みません。生きている時の評価を望みます。生前評価されなかった世界的な画家のゴッホが幸せの中で死んでいったとはどうしても思えないのです。若くして亡くなり、死後にその評価が高まった数多くのミュージシャンもいます。生きていくことには目標や夢や希望が必要だと思います。人から見ればつまらない目標やつまらない夢でいいと思います。ロックが好きなので、ロックバンドでギターを弾き、ギターが好きなので生前給付された保険金をギター購入に注ぎ込みました。娘には、「生命保険金って残された家族のためにあるんじゃないの？」と言われてしまいましたが。こんな事でも生きていく大きなモチベーションになりました。

やりたいことがあれば努力もしますし、辛いことにも耐えることもできます。

また、幸いにして私の患者さんたちは私を医者として必要としてくださり、病気になった私を励ましてくださいました。誰かから必要とされるということ、これは大変ありがたいことで、必ず復帰してまた診察室に座るという強い意欲に繋がりました。

ほとんどの人はその一生の中で〝必ず〟といっていいほど病気になります。私たちの医師という職業は、その病気になった人の治療にあたることを生業としているわけです。もしもこの世に病気が存在しなかったら、医師という職業は存在しません。また自分が医師だからといって病気にならないわけはありません。ですから私は自分が病気になったことに納得しています。

しかし私は病後、医師として今まで以上に「患者さんを治したい」と強く熱望するようになりました。自分の生きている意味として、自分が生きている間に誰かの役に立ちたいと強く考えたのです。そして私の主治医たちが全力で私を救ってくれた〝感動〟を、私の患者さんたちにも自分が治療を行うことでお伝えしたかったのです。私は宅配便が〝物〟を運んでいるのではないと思います。荷物を送った人から受け取る人への〝夢〟を運んでいるのです。私が注文したギターを宅配便の方たちが〝夢〟として玄関に届けてくれたのです、何回も……。

同様に、医療というのは何を売っているのでしょうか？　薬？　注射？　治療？　介護？　私は、医療は〝希望〟を売っているのだと思います。多くの人は病に冒されると打ちひしがれます。不安にもなるし、人によっては鬱になることもあります。私自身も最初のガンは大変予後の悪いガンで、ある意味で覚悟した部分もありました。しかし私は主治医たちに会うたびに、治療を受けるたびに自分の不安が減り〝希望〟を見いだすことが出来ました。

診察が終わり、病院の自動会計機でお金を支払うたびに、「今日も来て良かった」と思うようになっていました。たとえば、ガンの再発を告げられた時も「ああ、見つかって良かった！」と感じながら病院を後にしたものです。ですから私も自分の患者さんたちが、ご自身の病気を受け入れて病気に負けないような〝希望〟を売ることができるようになりたいと強く心に決めました。自分が病気になったことで、その経験を自分の患者さんにフィードバックして、患者さんの不安を取り除きながら治療を行うということが第一の目的になりました。

ガンの告知の問題もさまざまな意見が聞かれますが、私は告知をするべきだと考えます。その人の人生を本人がいないところで家族と医者が勝手に決めていいはずはありません。また〝人は必ず死ぬ〟ことが真理です。若かろうが年を取っていようが、遅かれ早かれ人は必ずいつかは死にます。かつてこの世にだれか死が訪れなかった人がいたでしょうか。全員死ぬという明白な事実をどうしてみんな避けたがるのでしょうか。

死が恐いから？　でも恐くても全員死ぬのです。周りの人がみんな死に、自分だけが何百歳になっても死ぬことが出来なかったら、その方が恐いと思います。「まだ死にたくない」って？　では、あと何年あれば満足できるのでしょうか。ですから、人は生きている時の人生を大切に、生きている間にやりたいこと、やるべきことをやらなくてはなりません。それがだれかの役に立つ利他的な行為であればさらに至福となることも知りました。

ガンはいい病気だと思います。事故や心筋梗塞、脳出血などと違って死ぬまでの時間があります。死のその時までに人生を振り返ることも、旅立ちの準備もできます。なによりも人のためでなく自分のために死ねます。私は余命という表現も嫌いです。余命ということは余分な命です。ガンという病気で死ぬまでに残された時間は、人生で最も貴重な時間だと思います。

死は悲しむべき事実ではなく、その人が若かろうが老いていようが、死の時にこそ、その人の人生を皆が祝福すべき時ではないでしょうか。私は医師として四半世紀あまり働き、たくさんの患者さんの死に関わらせていただきました。そして大学の救命救急センターでの濃密な二年間では、さまざまな死を毎日のように目の当たりにして、さまざまな生死のドラマを経験しました。

私は父が六八歳で亡くなった時も悲しくはありませんでした。いつかは亡くなるべき父です。葬儀の時に道のむこうまでどこまでも長く並んだ花輪の列を見て、私は父の人生を祝福しました。私を大変可愛がってくれた叔母（義母）が亡くなったときも悲しくありませんでした。しかし叔母の棺を載せた車を、叔母の勤めた病院の職員たちが白衣のまま延々と長い列を作り見送ってくださった姿を見て、叔母の人生を祝福するとともに感動で涙がこぼれました。人は死んで現世で別れても、来世でまた会えると思います。先に逝った家族、先達、友たちに恥じないよう一日一日を生きていきます。

最後に、私がこの本を書くきっかけとなり、ご多忙の中すべてをプロデュースしてくださった㈱名優の山根貫志社長、編集の労をお取りいただいた㈲ノンプロ 中村裕さん、出版をご快諾いただいた㈱産学社の薗部良徳社長に心から感謝の言葉を申し上げます。また、私の命を何度もガンから救ってくださったがん研有明病院頭頸科部長・川端一嘉先生、病院スタッフの皆さんには、いま自分が生きてここにいる喜びとともに厚くお礼を申し上げます。さらに、私のことを心配し、応援してくださった友達、患者さん、安藤理事長をはじめ永生会のみなさん、岡山の母をはじめとして家族皆に心から感謝申し上げます。

本書の初版から四カ月の間に、さらに二つのガンが発生し、外科的切除に成功しました。しかし次には胸部CT検査で七つの肺転移が見つかり、抗ガン剤治療を受けています。私の戦いがどこまで続くのか、どこで放免されるのでしょうか? 私の体にガンがある限り、どこまでも生を目指して、ガンと「癌!癌!ロックンロール」のスピリッツで戦っていきます。

PHOTO COMMENT

Color gravure

●**モルディブ（2007年）**モルディブの船の舳先には必ずお守りがついています／青い空と青い海と海上コテージ／モルディブの夕暮。毎日違う表情を見せてくれます／水上飛行機の出発を待つGentle man／モルディブの夕暮れ／島の子供達／海上コテージのテラスに鳥が訪れました

●**エベレスト旅行（2008年）**エベレストをバックに記念撮影／谷を登って迎えに来るヘリコプター／ホテルは3880mのところにあります／ヘリポートからホテルまでは細い山道を馬に揺られて行きます／雲を吐くエヴェレスト8850m／エヴェレストとローツェがホテルから見えます／ホテルからヘリポートへの道、高山病になった私は馬を頼みました

●**ドイツ・フランス旅行（2010年）**ストラスブール市内のクレベール広場に作られたメリーゴーラウンド／メルセデス博物館にはF-1の模型がありました／ストラスブール、霧の中のノートルダム大聖堂。神秘的な雰囲気が漂います／クリスマスマーケットで売っているクリスマスのおもちゃ。夢の中へ引き込まれそうです／アーヘンのクリスマスマーケット／アーヘンのお菓子屋さんのサンタクロース／ストラスブール・ノートルダム大聖堂。重厚な彫刻で覆われています／メルセデス博物館。これは実際のレースカーです。ミニチュアではありません

●**ライブ**　2008年10月16日恵比寿ライブゲートにて、相方・柴野繁幸と／2009年12月18日、八王子ダコタハウスにて／2011年10月5日、赤坂クラブ天竺にて

●**春**　静岡県・河津の菜の花／飛鳥山の桜と本郷通りを横切る都電荒川線／文京シビックセンターから見た新宿副都心、富士山、3月10日大震災の前日の撮影です／隅田川沿いの桜が散る中、言問橋のたもとでバンドネオンを弾く青年／「ソメイヨシノ」発祥の地、染井の桜

●**夏**　茨城県明野の向日葵と筑波山／東京スカイツリーと駒形橋／浅草寺のほうずき市／入谷のあさがお市／堀切菖蒲園にて／隅田川の花火

●**秋**　染井の桜の葉。花も桜なら落ち葉も桜で美しい／山梨県北杜市の森の中、ツタが秋の訪れを告げます／埼玉県日高市巾着田の曼珠沙華群生。赤い絨毯を敷き詰めたようです／秋桜。逆光で花びらが浮かび上がります／秋桜。咲き乱れる秋桜をアップで／埼玉県日高市巾着田の曼珠沙華／秋桜。秋雨に濡れています／めじろ台駅から見た夕焼け。八王子は夕焼けの名所として有名です

●**冬**　橋の欄干に落ちるもみじ／京都の紅葉。今までで一番美しく撮れたもみじです／冬の摩周湖。霧がなく、遠くまで見渡せます。

●**大関・日馬富士関**　日馬富士関、八王子ライブに飛び入り／日馬富士関、永生病院へ／日馬富士関は美術学校を出ていて、絵が趣味です。自分で書いた馬の絵をいただきました／日馬富士関がお母さんも連れて遊びに来ました。

／日馬富士関とお母さん、永生クリニックに来ました。お母さんは私と同じ年、同じ身長です／クリニックの同僚たちと記念撮影

●ギター　自宅地下室のパノラマ撮影です／特注のPRS PS Ieyasu Special。完成に3年を要しました／PS Washington D.C. ワシントンの景色が指板にインレイされています／Horned Owl ふくろうの彫刻が施されています／Red Tailed Hawk 鷹の彫刻が施されています／Cherry blossom 桜のインレイが施されています

●同級生　高校の同級生です。毎年新年2日に同級生達と新年会をやっています。癌と戦う私を励ます会を催してくれました。友達は一生の宝です。／卒後32年、50歳を迎える年に高校の同窓会で

●手術　喉を無くしても以前と同様に手術が出来るようになりました／頸のボタンを術衣の上から押して発声します／手術中もマイクで声を拡声しています／膝関節の内視鏡手術中／病後初手術も無事終了！

●職場でみなさんと一緒に記念撮影

●プライベートで記念撮影

●悠声会　会合後の一杯です／言語聴覚士の亀井先生と／シャント発声の訓練風景

Chapter door

●Prelude 零章　永生会・安藤高朗理事長と／アメリカMGH（マサチューセッツ総合病院）のマンキン先生と。整形外科の有名な教授です／愛媛から手術を受けに来られた患者さんと手術後に撮影／病気が分かる直前にグランドキャニオン観光／術後10日、顔が腫れて顎がむくんでいます／北島康介選手と北京金メダル祝勝会にて／癌が見つかった直後に当時中学2年生だった娘と

●SESSION 1　3歳頃、瀬戸内海をバックに鷲羽山にて／両親の結婚式の写真／生後六ヶ月で母に抱かれて／父に抱かれて

●UNPLUGGED 1　高校の同期会が東京で行われました。抗癌剤が終わって一ヶ月、脱毛で頭の毛がありません／放射線治療、抗癌剤治療後の脱毛の写真。雷門前で／右目の眼瞼下垂術前と術後／プロヴォックス手術直後、永生病院に久しぶりに行きました／ハワイでジェイク・シマブクロとのツーショット。髪の毛も生えて、眼瞼下垂も治っています／ルイス・C・ティファニー美術館で、私の母です／シャント手術の合併症で入院中／仲の良い患者さんと行った富士国際花園で

●SESSION 2　高校3年、バス旅行にて（この頃から勉強しなくなった）／中学3年生、地区の陸上競技大会で／中学入学式の朝、幼なじみの今は亡き守君と／高校1年生、金本君と／15〜19歳の証明書写真を並べてみました。同じ人に見えません／中学3

年生の時に友達と／スタジオ・コンサート風景／高校3年生、ロックの道にまっしぐら。倉敷にて
●UNPLUGGED 2　病後の初手術／鼻で臭いを嗅ぐ装置／西田哲也君の墓前で／声を拡声するマイクとスピーカー／六本木・Rock Factoryにて演奏／卒後32年の高校の同窓会／木内哲也先生と会食／私が4週間で飲まなくてはならない薬／ブルーノート東京にてナイル・ロジャースと
●SESSION 3　大学卒業式後、仲のいい友達と／叔母・赤木瑩子／30歳の頃、女性誌に掲載されました
●UNPLUGGED 3　日本言語聴覚士学会で講演（会場は満席です）／日本楽器フェスティバルで重浦氏・絵理さんと／板橋の辻澤さん90歳／Experience PRS '98にてジョー・ナッグス氏と／北島康介選手と北京オリンピック祝勝会控え室で／父が家長として最後に務めた祖母の法事。この直後に父は脳梗塞に／関脇だった安馬関と
●SESSION 4　1981年、後楽園球場でもライブを／浪人中もギターを弾いていました／医学生バンド／まじめに臨床実習中／本格的にライブハウス出演しはじめた頃
●UNPLUGGED 4　アメリカから直接輸入したギターRed Tailed Hawk／同じくCherry Blossom／日本頭頸部癌学会で講演、座長で主治医の川端先生と／日本リハビリテーション医学会でも講演しました／日本頭頸部癌学会会場／ライブ終了後記念撮影／日馬富士関と／日馬富士関ライブ乱入
●SESSION 5　1994年、永生病院の旅行で佐渡へ／鳥山先生を囲んで／佐藤賢治先生送別会／1994年、佐渡旅行にて乾杯、安藤明子先生と高朗先生／1993年、永生病院の中庭でライブ開催／永生病院全景／佐野先生退官記念会／1995年、永生バンドで新宿厚生年金会館大ホール出演／八王子市医師会バンドで演奏／永生フェスティバルで毎年演奏／今村先生とアメリカでHip forum出席、ナイアガラの滝の前で
●UNPLUGGED 5　ダコタハウスポスター／舌癌術後、ご心配をおかけしました／私の退院を祝う会／母と甥と／NHK上條倫子キャスターと／2010年、永生フェスティバル
●SESSION 6　永生クリニックの事務スタッフと／大澤さんご夫妻と／おなじみの患者さんたちと／西澤さんご夫妻と／クリニックの看護スタッフと／中山さんご夫妻と
●UNPLUGGED 6　シュツットゥガルトの病院見学、テュルク先生、べーレさんと／永生フェスティバルで／お見舞いに来てくれたドイツ人／ドイツ・アーヘンでの酒宴／見舞いに来てくれた癌仲間〝ゆきねぇ〟

※本書に掲載された写真はhttp://web.mac.com/ieyasu1957からご覧になれます。

失われた声の回復（気管−食道シャント法）

取材／文・祢津加奈子
イラスト・大竹雅彦

がんで声帯を失った場合、これまで食道を使った発声法などがすすめられてきました。しかし、声を獲得するには大変な努力と時間を要し、成功率も決して高くはないのが実情です。ところが、最近ヨーロッパで開発されたた気管−食道シャント法の一つであるプロヴォックス2を導入し、簡単に声を取り戻す方法として、大きな注目を集めています。

がんによる声の喪失→項目

今や三人に一人ががんで命を失う時代です。時には、命を救うために、大切な機能を犠牲にしなければならないこともあります。

なかでも「声を失う」というのは、患者さんにとって最も辛い犠牲のひとつでしょう。癌研究会有明病院頭頸科の福島啓文さんによると「ここでも、年間七〇〜八〇人の患者さんが声を失っている」といいます。日本全体では、声を失っている人は一万八〇〇〇人にのぼるともいわれています。

原因は、のどや口のがん。なかでも多いのは、喉頭がんや咽頭の下部（食道の入り口）のがんで声帯を失う人です。咽頭と喉頭はのどの奥にある器官で、鼻から息を吸うと咽頭から喉頭、気管支を通過して肺に空気が送られます。一方、食べ物はのどで振り分けられて咽頭から喉頭の後ろ側にある食道に入って胃に送り込まれます（図1）

声帯は喉頭の途中にある薄い膜のような器官で、肺から吐き出された息が声帯をふるわせて声になるのです。「舌がんや食道がんなどでも、進行すれば声帯を失うこともありますが、部位的に喉頭の摘出が必要になるのは

【図1】食べ物と空気の通り道

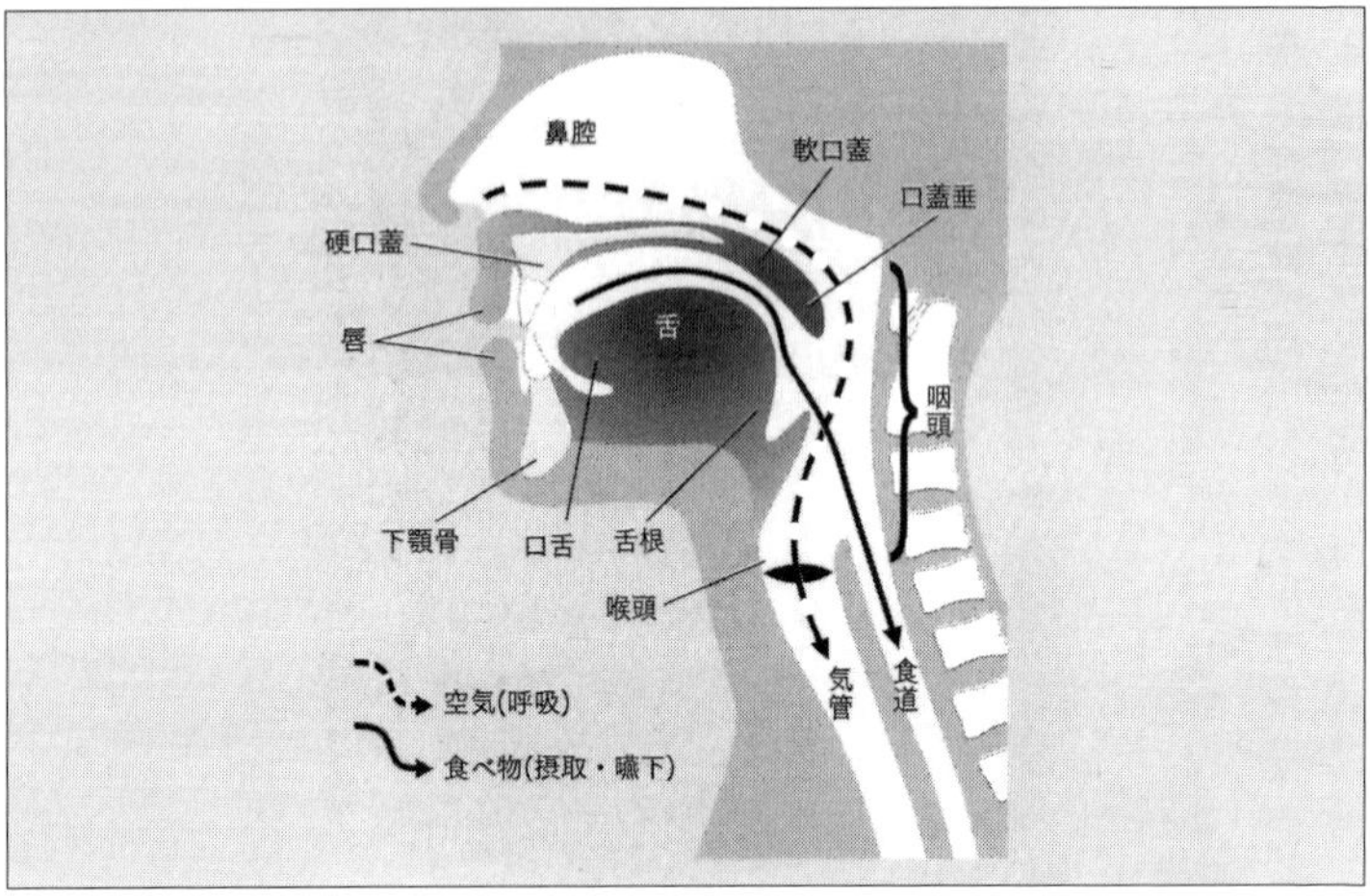

喉頭がんや下咽頭がんが多いのです」と福島さん。

可能ならば、こうしたがんでも喉頭の一部を残す手術や放射線治療が行われていますが、場合によっては声帯も含めて喉頭をすべて切除しなければならないこともあるのです。こうなると、鼻や口に通じる空気の通り道が切断されてしまうので、のどのところに気管支から直接空気が出入りする「永久気管孔」という孔をあけます。これが、新しい息の通り道になります（図2）

習得が難しい食道発声

これまで、声帯を失った場合には、おもに「食道発声」と「電気式人工喉頭」を中心に声の回復がはかられていました。これらには、それぞれ長所、短所があります。

電気式人工喉頭は、髭そり器のような機械

【図2】咽頭切除後の永久気管孔

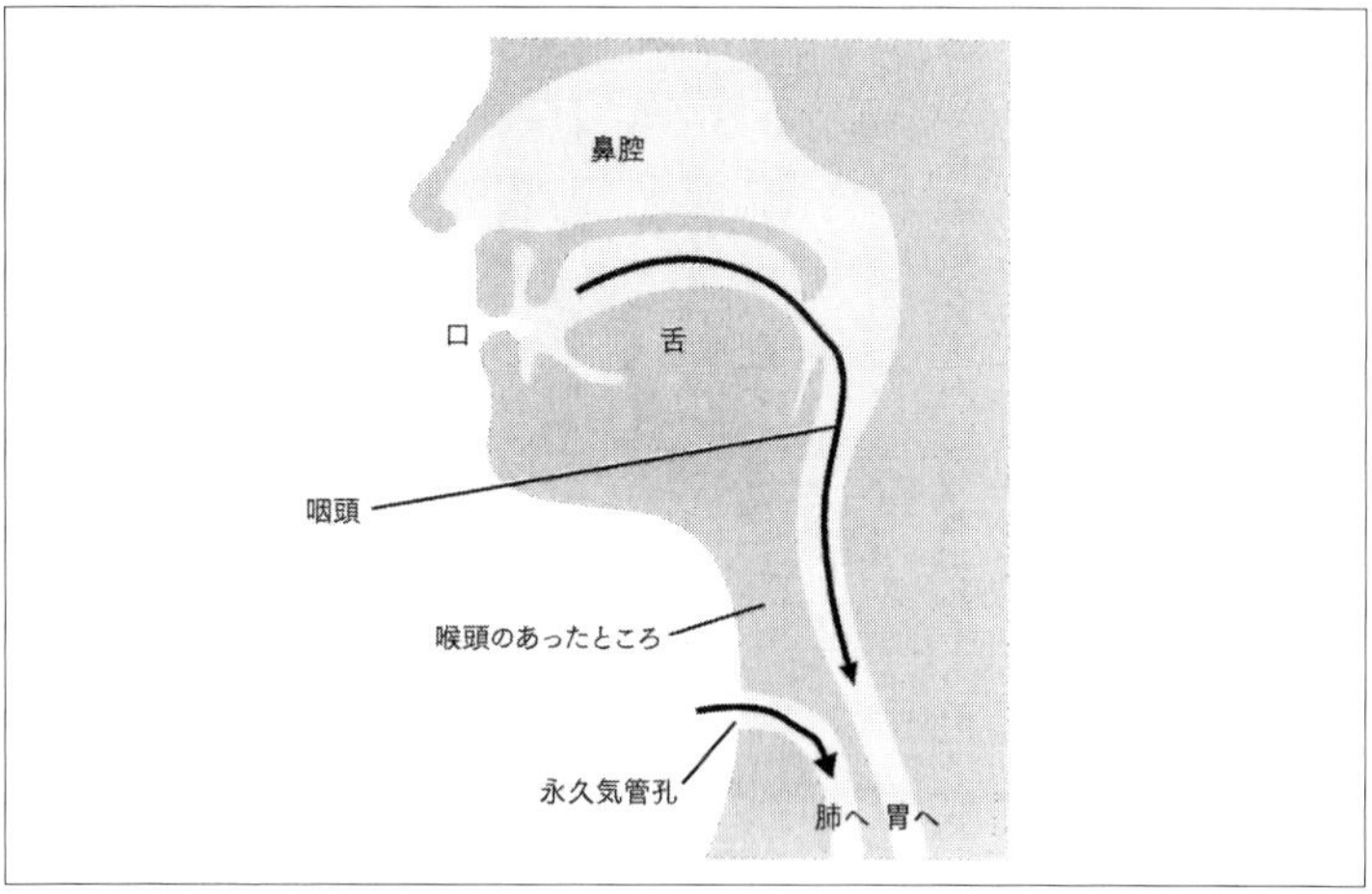

をのどにあてて声を作る方法です。誰でも簡単に声が出ますが、声は人工的で抑揚がなく、ロボットのような声になってしまうのが難点です。

日本では多くの人が、食道発声にチャレンジしています。これは、ゲップのような要領で、空気を飲み込んでそれを音に変える方法です。道具がいらないのが大きな長所ですが、習得はそう簡単ではないといいます。

「かなりの訓練が必要で、それでもマスターできる人は四〇％ぐらい。それもレベルはさまざまで、実際に日常生活で使えるレベルまで行く人はもっと少ないのです」と福島さんは語っています。日本の場合、努力家が多いうえに、患者団体がきちんと習得法をサポートする体制を整えているので、ここまで普及したともいえるのです。

一方で、患者さん側にもさまざまな状態の

人がいます。とくに下咽頭がんの場合、喉頭だけではなく、咽頭の方も切除が必要になります。そうなると、食べ物が通過する新たな道を再建する必要が出てきます。

その方法として一九八〇年代前半から行われているのが「空腸再建術」です。小腸の一部（空腸）を喉に移植して食道とつなぎ、食べ物の通り道にするのです。癌研有明病院は、日本でももっとも空腸再建術を数多く実施している病院のひとつです。

「腸なので、食べ物の飲み込みはいいのです」と福島さんは語っています。ところが、空腸再建をした人は、ゲップの通り道に腸があることになります。そのため、食道発声が極めて難しいのです。「一～二年頑張って訓練しても、声が出ない人がほとんど」だといいます。

ここで注目されたのが、気管‐食道シャント法です。

自然に近いシャント発声法

気管食道シャント法とは、簡単にいえば新しい空気の通り道を作る方法です。図3のように気管と食道の間に孔をあけてボイスプロテーゼと呼ばれるシリコン製の小さな管を留置します。

こうしてのどにあけた永久気管孔を指で閉じると、肺から出た空気が気管孔から外に出ないで、食道の方に入り、口から出てきます。このとき、移植した小腸（人によっては咽頭）が空気で震えて振動し、「声」になるのです。食べ物を飲み込むときには、ボイスプロテーゼの弁が閉じるので、気管のほうに食べ物や唾液が入ることもありません。

声帯もないのに声が出るの？　と思う人もいるかもしれません。実際に聞いてみると、個人差はあるものの、人によっては「カゼでノドを傷めたのかな」という程度の、とても自然で聞き取りやすい声が出るのです。

食道発声の場合は、空気を飲み込んでゲップを声にするわけですから、一度に飲み込める空気の量には限りがあります。したがって、一息に話せるのは「こんにちは」など、せいぜい五〜七音まで。一息では自己紹介をするのも難しいといいます。それが、気管−食道シャント法の場合、ふつうに話すのと同じように肺の呼気を使うので、自然に話せるのです。息を吐く量を調整することで、声の調子に抑揚をつけることもできます。

しかも、患者さんにとってありがたいのは、ほとんど訓練が必要ないことです。永久気管孔をうまくふさぐ要領さえ覚えれば、特別な訓練をしなくても、ふつうに話すのと同じように声が出ます。

ボイスプロテーゼを留置する手術も、それほど大がかりなものではありません。点滴で静脈麻酔をして、内視鏡でモニターを確認しながら、留置します。漏れなどの確認のために一週間ほど入院をしますが、「留置にかかるのは五分ほどで、体の負担は少ない手術です」と福島さん。手術当日から、食事もできます。たいていは、がんの手術をして永久気管孔も落ちついた頃、平均的には術後一か月もすればできるそうです。

ケア用品は自己負担

実は、欧米ではこの方法が声の再建の主流。福島さんによると「食道発声はもちろん、電気式人工喉頭を使っている人もほとんどいません。九〇%はシャント法を利用しています」

欧米では、早くから気管−食道シャント法の研究がすすみ、日本にも八〇年代には何種

【図3】食道と気管の壁に取り付けられたボイスプロテーゼ

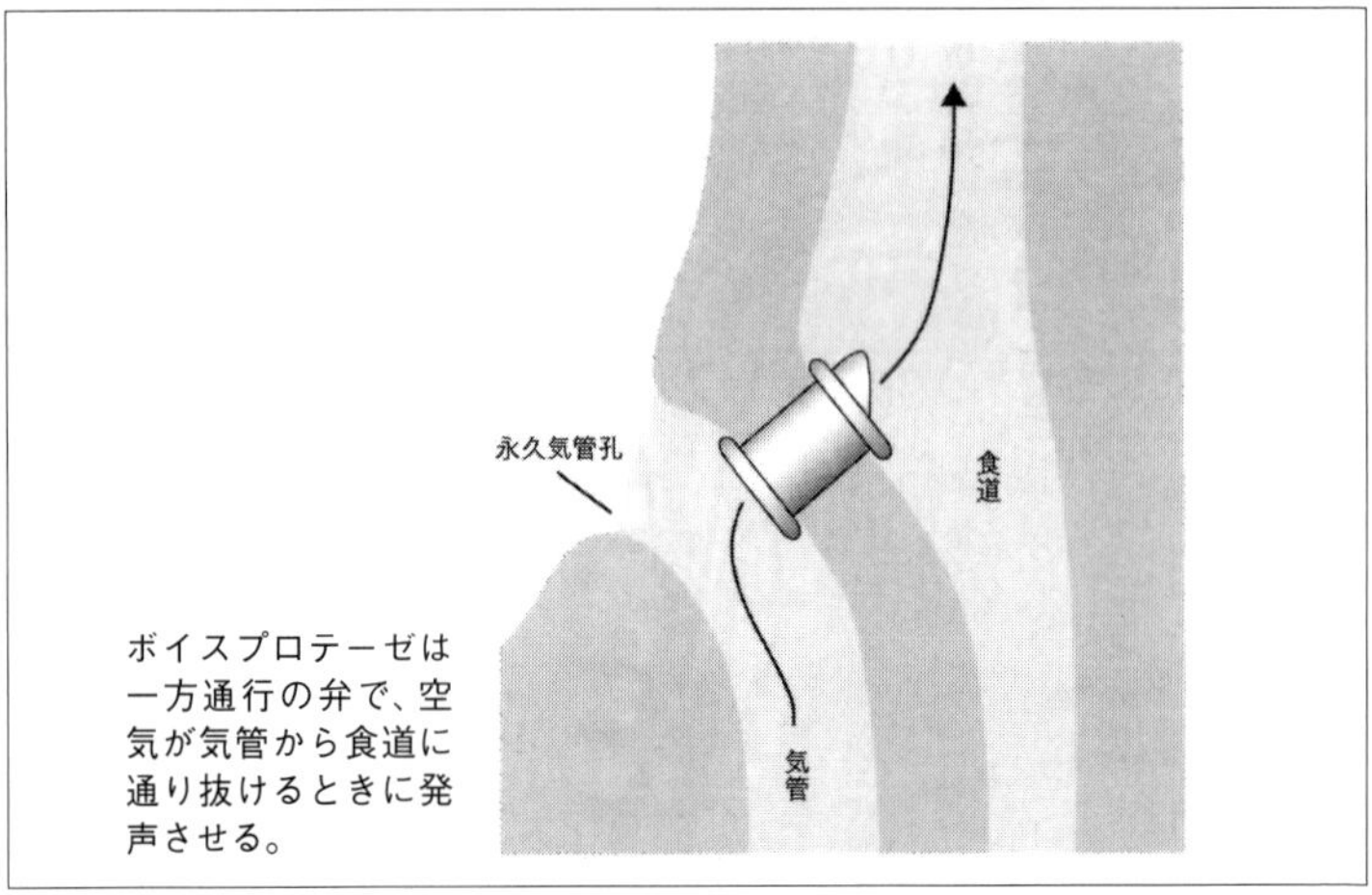

ボイスプロテーゼは一方通行の弁で、空気が気管から食道に通り抜けるときに発声させる。

類かのボイスプロテーゼが入ってきました。しかし、当時はまだ性能がもうひとつで、ボイスプロテーゼを留置した部位から水などがもれて肺に入り、肺炎を起こすこともありました。そのため、癌研病院でも使用を断念したのです。

その後改良がすすみ、現在癌研病院で使われているプロヴォックス2など新世代のボイスプロテーゼが出てきました。これを契機に、二年ほど前から癌研病院でも気管－食道シャント法を開始しました。

これまでに、癌研病院でシャント術を受けプロヴォックスを留置した人は三〇人に達しています。日本では最も多い病院の一つになっています。

「気管孔の孔の形や肺活量の問題でうまく声が出なかった人も二人いますが、九五％の人はよく声が出ています」と福島さん。肺炎を起こした人は一人もいないそうです。

では、問題点はないのでしょうか。もちろん、永久気管孔の形や部位によっては、シャント法をできないこともあります。また、患者さんにとって気になるのは費用の問題でしょう。手術には保険が利きますが、留置した器具は交換が必要です。プロヴォックスの場合、平均で三か月ほどで交換が必要です。交換は外来で簡単にできますが、そのために通院が必要なこともデメリットのひとつといえます。また、日常的にブラシでプロヴォックスを掃除したり、永久気管孔につけて空気に加湿や加温をするカセットなども必要になります。こうしたケア用品はすべて自己負担。だいたい月に一万円弱が必要になるそうです。

「数が増えていけば、もっと安くなることが期待でき、こうした負担が軽減できると考えています」と福島さん。

患者さんの喜びは大きく今後の普及に期待

では、実際に気管−食道シャント術を受けて、プロヴォックスを留置した患者さんはどう感じているのでしょうか。七月一日、癌研病院では患者会が開催されていました。

どの患者さんも自分の声で話せることがうれしそうで、誰もが感謝の言葉を口にするのが印象的でした。

土田義男さん（七〇歳）は、二〇〇三年にがんで声帯を失うと、すぐに食道発声の訓練を始めました。努力のかいあって患者会内部の大会では八位入賞をおさめるほどに上達したものの、「紙と鉛筆を渡されて書いてと言われることが多く、世間では通用しなかった」といいます。そんなとき、患者会で訪れたスイスで知ったのがボイスプロテーゼでした。

スイスの患者さんは、ほとんどがボイスプロテーゼを装着していたのです。

そこで、帰国後手を尽くして調べ、ようやく捜し出したのが福島さんでした。「ボイスプロテーゼを付けてからは、声の質も出方もまったく変わりました。日常生活で不便を感じることもありません」と喜んでいます。

整形外科医の赤木家康さん（四九歳）は、がん手術で入院中にボイスプロテーゼ留置のために入院していた土田さんと知り合いました。がん手術後、「食道発声も電気式人工喉頭も見ましたが、私の場合待っていてくれる患者さんのためにも一刻も早く仕事に戻りたかったのです」。そのためには、患者さんと話ができて手術もできないとダメ。電気式人工喉頭を手に持っていたのでは、仕事になりません。食道発声もマスターに時間がかかるうえに、声の大きさや質に難を感じました。

そこで、選んだのがシャント法でした。赤木さんは、ボイスプロテーゼを留置して三か月目には職場に復帰し、手術もこなしています。そう語る赤木さんの言葉は、驚くほど明瞭で自然です。

福島さんが、シャント法をすすめるのも、すぐに社会復帰がしたい人や若い人、仕事上の必要性がある人などです。「食道発声は、経費がいらず器具の入れ替えもないのが利点。うまく発声できる人はそれでいいと思うのです」

ただ、これだけ世界で普及しているにもかかわらず、日本でシャント法を実施している病院は限られています。その存在さえ知らされていない患者さんも多いのです。土田さんが、ぜひ伝えたいというのもこのことです。「とても声の出がいいので、食道発声の患者会の友人にも教えたのです。彼らが担当の医

【図4】発声法の種類

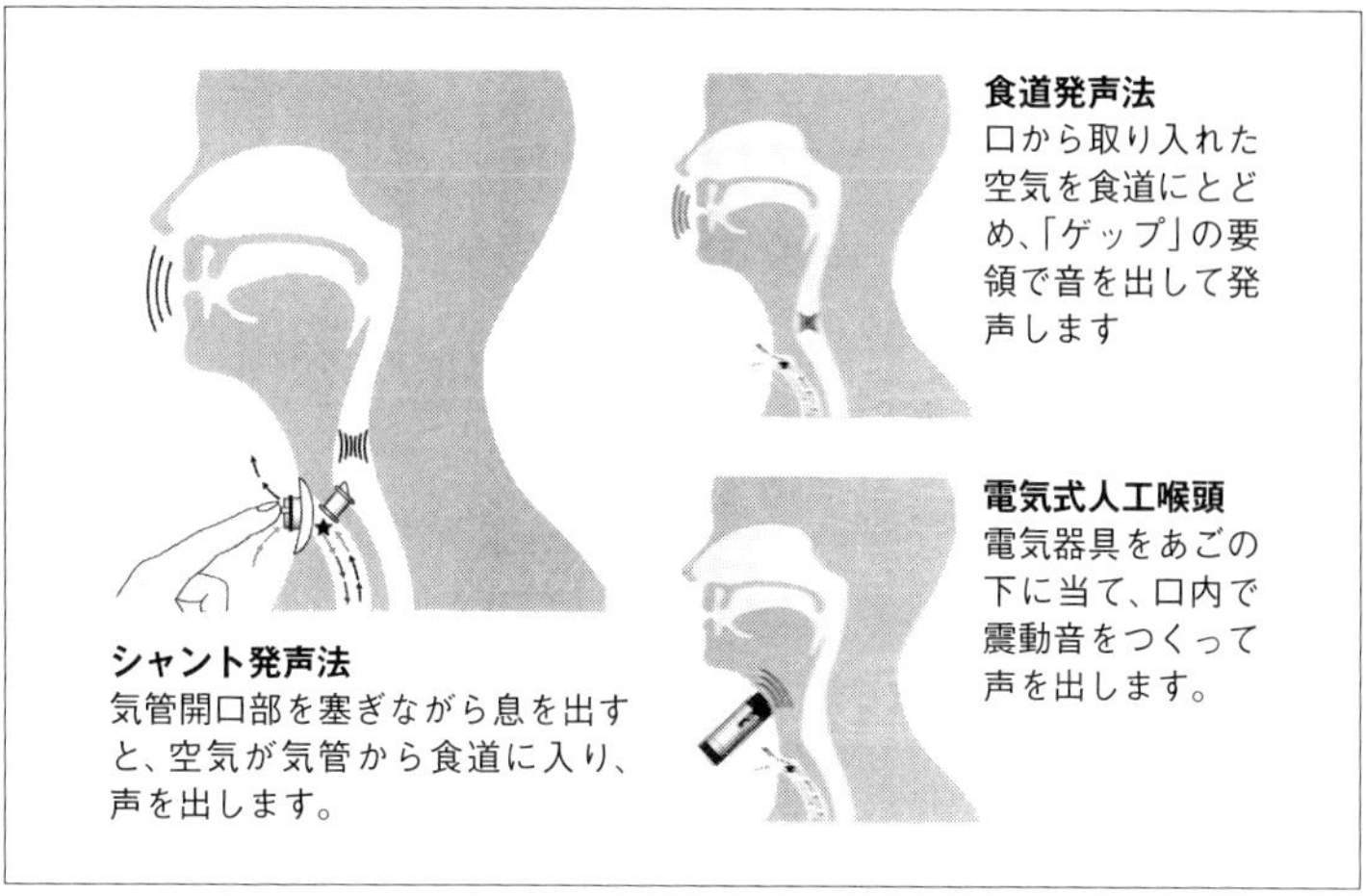
食道発声法
口から取り入れた空気を食道にとどめ、「ゲップ」の要領で音を出して発声します
電気式人工喉頭
電気器具をあごの下に当て、口内で震動音をつくって声を出します。
シャント発声法
気管開口部を塞ぎながら息を出すと、空気が気管から食道に入り、声を出します。

師に相談したところ、みんなシャント法について知っていたのですね。でも、患者さんには知らされなかった。結果としてどうするかはともかく、患者さんが自分で声の回復法を選択できる、その情報だけはきちんと提供してほしいのです」

がんで声を失った人も、不自由なく話ができる。それは、がんからの回復にも大きな励みとなるのです。

（『毎日ライフ』誌より転載）

「NPO法人　悠声会」について

悠声会は、喉頭癌、下咽頭癌などで喉摘（喉頭摘出術）を行い、声を失った方々に対するさまざまなサポートを目的として設立された特定非営利活動（NPO）法人です。

サポート活動内容には、喉摘により失声された人たちが実用性のある声を再獲得し、社会復帰を早めるための支援や、加えて喉摘者およびその家族が集い情報交換を行うことで、社会的福祉の増進が図られることを目的とします。

喉摘後もよりよい声で会話することを望む方、なかなか発声ができず悩んでいる方、どんな社会的扶助があるのか知りたい方々が集まっています。また、発声機能を再獲得するための新しい技術「シャント発声法」（プロヴォックス活用）へのアプローチを積極的に行っています。

「悠声会」連絡先

悠声会幹事 土田義男
TEL./FAX. 042-797-2253
メールアドレス y.tutida3481@tbn.t-com.ne.jp
携帯メール yoshio.tutida.7671@docomo.ne.jp

詳しくは「悠声会」ホームページにアクセスしてください。

http://yuusaykai.com/index.htm

【著者プロフィル】
赤木家康（あかぎ・いえやす）

略　歴　1957年7月26日　岡山県生まれ。
1985年　東海大学医学部卒業。
1986年　日本大学医学部整形外科学教室入局。
1987年～　国立立川病院勤務、公立阿伎留病院勤務、春日部市立病院勤務などで勤務。
1993～95年　日本大学救命救急センター勤務。
1996年1月～1999年12月　板橋区医師会病院整形外科部長。
2000年1月　永生病院・整形外科部長。
2003年10月～　永生病院・副院長（現職）。

講師歴　1990～96年　社会医学技術学院．理学療法科・作業療法科講師。
1997～01年　多摩リハビリテーション学院・整形外科学講師。
1999～2005年　フス・ウント・シュー・インスティテュート講師。
2000～01年　東京衛生学院・整形外科講師。

役　職　1999～09年　日本オーソペディック・フット・アンド・シュー技術者協会（通称 JOFSTA）会長。
2009～　日本オーソペディック・フット・アンド・シュー技術者協会（通称 JOFSTA）理事。
2002年～　日本整形靴技術協会理事。
2004年～　日本靴医学会　評議員。

資　格　日本整形外科学会専門医。
日本整形外科学会脊椎脊髄病医。
日本リハビリテーション医学会専門医。
日本医師会認定・産業医。
身体障害者福祉法・指定医。

●連絡先
勤務先：〒193-0942　東京都八王子市椚田町583-15
医療法人社団永生会　永生病院
電話 042（661）4108　　FAX 042（661）1331
E-mail　akagi.ieyasu@gmail.com

●ホームページ
PRS Maniac　http://web.mac.com/ieyasu1957
※本書に掲載された写真（カラーグラビア、トビラ白黒写真）は上記ホームページからご覧になれます。

癌！癌！ロックンロール　金髪ドクター、6度の癌宣告&6度の復活

初版1刷発行●2011年11月25日
2刷発行●2012年 9月15日

著　者
赤木 家康

発行者
薗部 良徳

発行所
㈱産学社
〒101-0061 東京都千代田区三崎町2-20-7 水道橋西口会館7F　Tel.03（6272）9313　Fax.03（3515）3660
http://sangakusha.jp

印刷所
㈱シナノ

ISBN978-4-7825-7100-2 C0095

乱丁、落丁本はお手数ですが当社営業部宛にお送りください。
送料当社負担にてお取り替えいたします。